来自巴瑞爷爷的推荐

我生活在乡间，可即便如此，我却并没有对大自然十分留意。这是一个非常美丽的童话。当我们真正地、仔仔细细地观察自然，就会发现，我们赖以生存的这个世界是如此精彩，同时又如此濒临危险境地。梅丽莎·哈里森基于丹尼斯 (B.B.) 经典故事的再创作无疑是恰逢其时。她继续讲述了三个小人儿的故事——他们是自然世界微小的守护者——可他们却面临着消失的命运，所以他们踏上旅途，想要一探究竟。凭着勇气和智慧，在几位动物朋友的指引下，他们开始了探险。或许，当你读到这本书，也会想为他们伸出援助之手呢！

巴瑞·坎宁安
鸡窝出版社出版人

隐秘族的出走

［英］梅丽莎·哈里森 著

宋蕾 译

中国少年儿童新闻出版总社
中国少年儿童出版社

北京

著作权合同登记　图字：01-2022-5237号

英文版原名：BY OAK, ASH AND THORN，首次出版于2021年
出版者：The Chicken House，地址：2 Palmer St, Frome, Somerset, BA11 1DS, UK
文字版权 © MELISSA HARRISON 2021
插图版权 © LAUREN O'HARA 2021
本书中使用的所有人名与地名版权 © MELISSA HARRISON 2021
未经许可不得使用
作者/插图绘者享有精神权利。
保留所有权利。

图书在版编目（CIP）数据

隐秘族的出走/（英）梅丽莎·哈里森著；宋蕾译
. — 北京：中国少年儿童出版社，2022.9
（巴瑞的书屋）
ISBN 978-7-5148-7661-1

Ⅰ.①隐… Ⅱ.①梅… ②宋… Ⅲ.①儿童小说－长篇小说－英国－现代 Ⅳ.① I561.84
中国版本图书馆 CIP 数据核字（2022）第 167565 号

YINMIZU DE CHUZOU
（巴瑞的书屋）

出版发行：中国少年儿童新闻出版总社
　　　　　中国少年儿童出版社

出 版 人：孙　柱
执行出版人：马兴民

丛书策划：缪　惟	丛书统筹：史　钰
责任编辑：邹维娜	版权引进：仲剑弢
责任校对：杨　雪	装帧设计：禾　沐
责任印务：厉　静	

社　　址：北京市朝阳门外大街丙12号	邮政编码：100022
总 编 室：010-57526070	发 行 部：010-57526568
官方网址：www.ccppg.cn	

印刷：北京盛通印刷股份有限公司

开本：850mm×1168mm　1/32	印张：8.625
版次：2022年9月第1版	印次：2022年9月北京第1次印刷
字数：80千字	印数：1-5000册
ISBN 978-7-5148-7661-1	定价：38.00元

图书出版质量投诉电话 010-57526069，电子邮箱：cbzlts@ccppg.com.cn

当我们拨开地上密密的草丛，

准能看见一群群

蚂蚱、蚂蚁和甲虫，

还有许许多多其他微小生灵的

忙忙碌碌的生活：

它们急匆匆地

往这边走、朝那边去……

——摘自丹尼斯·沃特金斯－皮奇福德（笔名B.B.）的
作品《荒野孤星：一只皮奇利狐狸的故事》

目　　录

第一部　白蜡树

1　一个春天的早晨 ············ 3
2　酝酿一个计划 ············ 12
3　结尾与开篇 ············ 27
4　过客 ············ 43
5　一场较量 ············ 57
6　星光之下 ············ 71
7　人在旅途 ············ 79
8　失……而复得 ············ 89

第二部　橡树

9　旅途间歇 ············ 105
10　一位新朋友 ············ 112
11　乡间一月 ············ 120

12 奇妙的新发明 ·············· *130*

13 落水 ·············· *139*

14 计划有变 ·············· *149*

15 飞行途中 ·············· *158*

第三部　荆棘丛

16 庞然大物的腹地 ·············· *173*

17 外卖食品 ·············· *188*

18 下定决心 ·············· *204*

19 莫斯 ·············· *212*

20 朋友还是敌人？ ·············· *223*

21 幸运降临 ·············· *232*

22 欢乐聚会 ·············· *242*

作者后记 ·············· *263*

自然观察指南 ·············· *266*

第一部

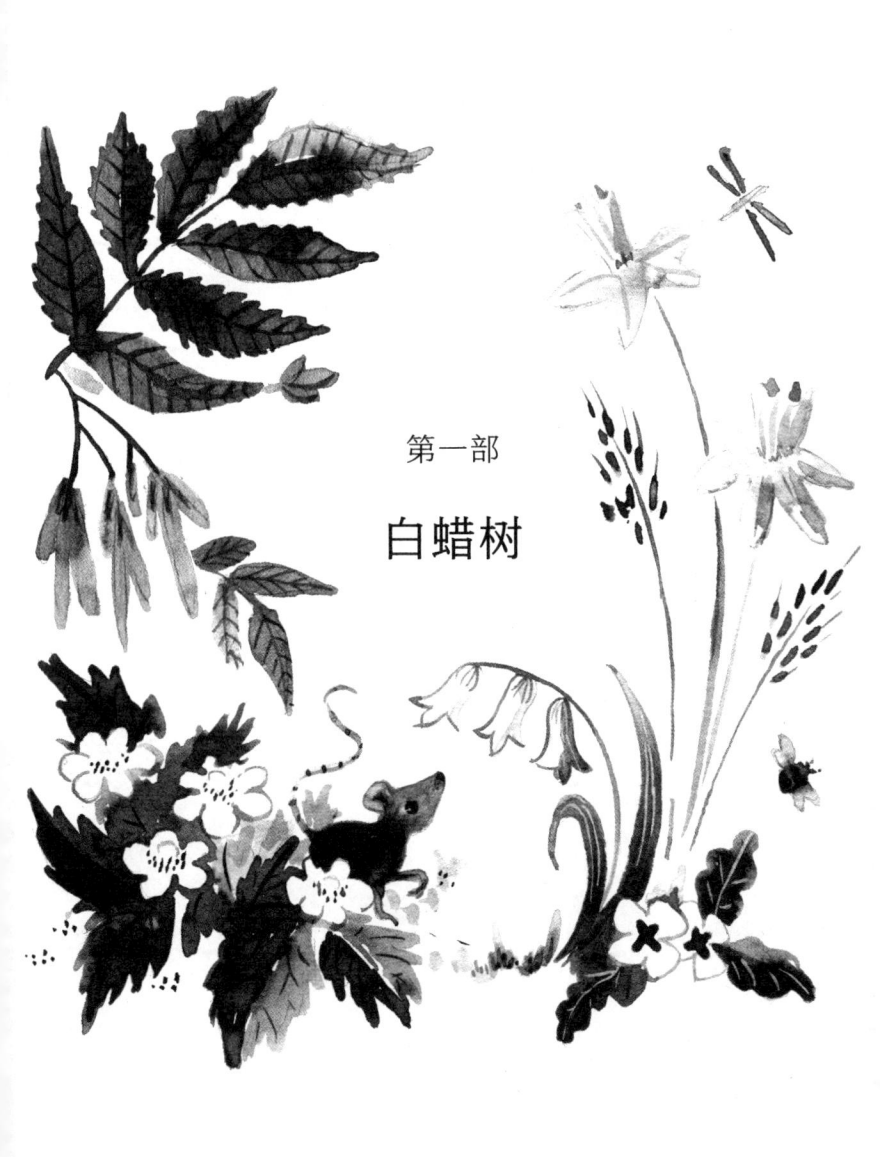

白蜡树

1

一个春天的早晨

我们遇见了莫斯、伯内特和库缪勒斯，还发现了一件奇怪的事。

三月的一天，尽管天气还不太暖和，可已经有了春天的感觉：路边盛开着亮黄色番红花，光秃秃的树篱上布满了星星点点的小嫩芽，仿佛一盏盏绿色的魔法小灯即将被点亮，天空也是湛蓝湛蓝的。这样的天气只会出现在冬季的末尾，在这时，一切都显得生机勃勃，充满欢趣，也就是在这种时候，不寻常的事情才会发生。

白蜡树路52号的花园里，一张蹦床旁边，生长着一棵古树，它的树干底部有一个奇形怪状的洞。过不了几天，这棵树就会萌发出鲜嫩的新叶，开出泛着绿色还镶着褶边的紫红色花朵。到了那个时候，这棵树就会变成一座高大的绿色城堡，而成千上万个小东西隐秘地生活在其中——之后不久，夏天就会到来。不过现在，这棵老树还没长出叶子，而且在接下来的好几天里，它也一直会是这样光秃秃的。

古树的周围是一片平坦的、绿油油的草坪，没有小雏菊和蒲公英点缀其间，房屋附近裸露的土地上铺着木板。花园的边缘有一圈整齐的、窄窄的花坛，花坛里则是各种野生动物留下的秘密通道，蜿蜒曲折、纵横交错——其中的一些小动物，人类有所了解，而有些，人类就全然不知了。

一只乌鸫[1]从隔壁的花园飞来，落在这棵白蜡树下层的枝条上，树枝被它压得微微颤了几下。接着，它张开亮黄色的喙，一展歌喉。这是它去年暑假以来第一次放声歌唱，唱给那些愿意听的人："好，大家好，你们相信吗？请注意，谢谢，谢谢大家，听，我想说的是……春天来了！"

就在那一刻，古树底下那个奇形怪状的树洞里

---

[1] 乌鸫（dōng）的雄鸟除了眼睛和喙外，全身为黑色，雌鸟体色较淡。——译注，下同。

有了些动静。如果这时，住在52号的玛娅和本碰巧就在附近，那他们一定会以为洞里有什么鸟或其他小动物；不过，他们现在都在学校，所以对此一无所知——话说回来，就算他们在场也不一定能发现，因为他们不属于善于观察（或倾听）的人类。他们不知道，乌鸫的第一首春之歌就是唤醒冬眠的小人儿们的信号，他们是一个古老的族群——隐秘族；他们也不知道，在两百多年以前——当他们的房屋和花园还都不存在时——三个小人儿就已经秘密地生活在这棵白蜡树的树洞里了。

一个身影走进阳光里。莫斯（一个小人儿的名字）只有你的手掌大，皮肤是栗棕色，穿着防水的洋葱皮外套，裤子上系着一根红绳，脚上没穿鞋，头上有一顶橡果壳帽子，帽子上还格外别致地缀着一根小树枝。

"嗨，乌鸫先生，"莫斯眯着眼睛斜视着上方正在唱歌的乌鸫说，"冬天过得好吗？"

"哦，是你啊！"乌鸫从树枝上跳下来，落在草坪上，"你好，莫斯！我过得不错，谢谢你的问候。不过，要是能找到更多的虫子吃就更爽了。你那边还好吗？睡得香吗？"

"我们都很好，谢谢你！我正盼着其他人快点儿醒过来，到处活动活动。乌鸫太太怎么样，她还好吗？"

就在这时，树洞里走出来另一个小人儿，打着哈欠，揉着眼睛，是伯内特。他比莫斯胖一圈，年岁也大好几百。他穿着苏格兰短褶裙和一件由蝰蛇[1]的蜕皮制成的华丽马甲，手里拿着一把特别锋利的金属刀，上面依稀可以辨认出STANLEY（史丹利）的铭文——谁是史丹利就靠你猜了。伯内特活泼好动、外向开朗，喜欢忙忙碌碌，不喜欢安安静静，更不喜欢待着不动。

"大家早啊！哇——又是一个春天！我可真该出来探探险了，有时候我感觉特别无聊，你也会这样吗？我们连这个花园都没出过，哦，差不多有一百个布谷鸟夏天都没出去过了！"（"布谷鸟夏天"是隐秘族的语言，指一年的光阴，不过，想想看，他们很久都没听过布谷鸟在夏天的叫声了。）

---

[1] 蝰（kuí）蛇，是一种背部有黑色菱形斑纹的毒蛇。

"哎呀！"那只乌鸦说，它的名字叫鲍勃（可没有人这么叫它），"待在同一个地方，过了一百个布谷鸟夏天，那可是很长一段时间啊！你的意思是，你从来没去过隔壁，就是那个有很多喂鸟器的地方吗？你真该去瞧瞧。你也从来没见过孩子们成天玩耍的地方吗？那里简直太棒了——午餐时间，他们会在那里投下各种各样有趣的吃食，比如米饼、葡萄干、苹果渣渣……"

"还有薯条！"旁边的树枝上传来一声颤音，一只欧椋鸟[1]猛然降落，动作十分夸张，"没关系吧，各位？"

"嗨，亮闪闪！"莫斯和伯内特一起笑起来。他们很高兴看到这只厚脸皮的小鸟从东部海岸的椋鸟冬季大会安全返回。

"啧啧，还有薯条……"鲍勃想入非非。

"一切都好吗，乌鸦先生？"亮闪闪说。和羽毛朴素的乌鸦比起来，这只厚脸皮的欧椋鸟有一身华丽的春季羽衣，色彩斑斓而且富有光泽，仿佛雨水坑里

---

[1] 欧椋（liáng）鸟，羽毛呈青黑色，有光泽，上面有白色斑点，经常成群结队地飞来飞去。

的汽油一般闪闪发亮，上面还覆盖着一层小小的白色箭头。

"哦，不好意思，我刚才走神了。你好！亮闪闪，"鲍勃说，"你看上去真精神！"

"你说对了。最近这里有什么新鲜事吗？"欧椋鸟一边问，一边瞪着圆圆的眼珠子精心整理着自己的羽毛。

"乌鸫先生刚才说，我们应该多出去走走，"莫斯解释，"可我们不像你们两个有翅膀——对我们来说，出去探险可没那么简单，尤其是我们还想按时回家睡觉呢。"

"不过，它说得没错——这四周的角角落落有很多值得一看的地方，"亮闪闪说，"我知道，你们这些人喜欢在白蜡树路安居，不过外面可是有一片广阔的自然世界呀，你懂我的意思吗？更别提隔壁了。"

"库缪勒斯醒来了吗？"莫斯问道，他想换个话题，因为所有这些关于探险和冒险的谈话让伯内特坐立不安、心神不定，"今天的天气太好了，我可不想有任何人错过。"

三个小人儿相聚在花园一角那棵古老的白蜡树

下——你想想看,这是一件多么不同寻常的事情,可大多数人类都没察觉。他们三个明明白白地站在光天化日之下:莫斯,年龄最小的那个,穿着洋葱皮外套,戴着半个橡果壳的帽子;身小体宽的伯内特穿着短褶裙和蛇皮马甲,手里拿着质量过硬的史丹利牌刀子;三个人中年龄最大(也最具智慧)的是库缪勒斯,他只有一只眼睛,披着一头白花花的长发,穿着一件皱巴巴的绿色长袍,戴着配套的帽子。他们三个都没有穿鞋,因为他们的脚底板又硬又厚,长满了颇为有用的老茧;而他们的腿和胳膊都是毛茸茸的,可以御寒保暖。

"你终于来了!你好,库缪勒斯!"伯内特大声说,然后给了他一个大大的拥抱。

"春天快乐!"莫斯微笑着说,可这位老朋友的神色却有些沉重,一点儿也不开心。

"大家早上好!很抱歉告诉各位,一件令人担忧的事情发生了……"

就在此时,鲍勃突然起飞,发出乌鸦歇斯底里的警报声。它低飞掠过花园的树篱,降落到隔壁杂乱生长的灌木丛上。

"潘神[1]保佑！它到底怎么了？"莫斯惊呼——可紧接着，他们也听到了：房屋的后门被一下子推开，一个孩子跑了出来。亮闪闪也跟随乌鸦飞过树篱，三个小人儿急匆匆地返回白蜡树的树洞。

树洞里是另一番景象，一切井井有条。脚下是夯实的土地，莫斯定期用一根斑尾林鸽的尾羽做的软扫帚清扫（和伯内特不一样，莫斯热衷于收拾这个家）；洞中央铺着一块漂亮的圆形地毯，这是用秋天的一缕缕干草编成的；阁楼伸向白蜡树树干，经年累月，树干里已经相当空了，这对于一棵古老的树而言再正常不过。其实，这棵树还得了一种由真菌引起的疾病，只不过目前还没人知道罢了。

地下一层的洞中，沿着四壁巧妙地安放着各种各样的微型橱柜和储藏柜，里面摆放着三个小人儿的各色物品，包括他们的睡袋，那是用蜘蛛吐的丝织成的，里面填充着柔软的白色杨絮。每到春天，杨树都会飘出大量的杨絮。房间的最里面摆放着一摞蜗牛的壳，每一个都塞着干净的木塞，上面贴着标注好日期

---

[1] 潘神，希腊神话中的牧神，有着半人半羊的形象，被认为是自然的化身。

的标签。这些蜗牛壳里盛放着美味的甜酒，那是用自然风吹落的果实和野花酿造而成的，只有在特殊的场合他们才拿出来品尝。

"你刚才说……？"莫斯问库缪勒斯。

"是啊，问题是——我不想让你们两个担心，其实也不疼或是怎样，可……"

库缪勒斯伸出一只手，莫斯和伯内特都倒吸了一口凉气。一束耀眼的阳光从敞开的房门直射进来，库缪勒斯绿色长袍的袖子在，他的手腕也在，可手掌已经变得有些透明，而指尖部分已经完全看不见了。

"潘神保佑。"伯内特咕哝了一句。

"很奇怪，不是吗？"库缪勒斯说，"我一醒来就注意到了。我的手掌还管用，可以握住东西，我模模糊糊记得，还用手抠了抠鼻子什么的。但是我好像……怎么说呢……正在消失。"

2

酝酿一个计划

不是每个人都喜欢冒险,
不过,老天爷却另有打算。

莫斯、库缪勒斯和伯内特盘着腿,安稳地坐在中空白蜡树的树洞里,他们都盯着库缪勒斯那只奇怪的、透明的手。

"你以前听说过类似的事情吗?"莫斯问。

"整个自然世界中从来没有,"库缪勒斯说,"隐秘族中没有,动物中、人类中,哪里都没有。"

"而且也不疼?"伯内特问。

"一点儿也不疼。"

"哦,那就奇怪了。"

"是啊……只是——要是继续下去怎么办?要是

我的其他部位也消失了怎么办？"

"要是我们也这样又该怎么办呢？"莫斯的声音发颤。

说完，他们都迅速检查了一下自己的身体：头、脚、腿、胳膊以及胳膊肘，还从衣领里瞥了一眼自己的肚子，仔细数了数在各自穿的裤子、裙子或袍子下面的两个膝盖是不是都在。

"我的各个部位都在，完好无缺，"伯内特说，"你们呢？嗯，这下放心了。"

"这件事意义重大，"库缪勒斯说，"我感觉到，有大事要发生了，可我不知道会是什么。其实，我有过这样的感觉，但那是在几百个布谷鸟夏天以前了。"

"哦，千万别这样说！"莫斯浑身发抖，"我只希望一切都不要改变，永永远远都不变。"

"你知道那是不可能的，"伯内特说，"你虽然最年轻，可也在自然世界中生活了很长时间，应该知道万物时刻都在变。"

"是啊，可……可我不喜欢突然变，更不喜欢变糟，"莫斯说，"我只喜欢变好。"

"可你无法预知结果,对吗?"伯内特说,"你只能等着瞧。以上一个冰川期为例:开始是担心,然后是烦恼,而且冷得难受,可最后的结果还不错。"

"你对过去还记得多少,伯内特?"库缪勒斯问,"你知道,我是说远古时代,有人类之前,也就是潘神让我们掌管自然世界的时候。"

"记得不多,"伯内特回答,"只记得一些片段,就像在回忆一个梦。"

库缪勒斯点点头说:"当然了,对那个世界,莫斯不会有什么记忆,因为他年龄最小。可我记得,我记得清清楚楚。"

"你记得恐龙吗?"莫斯问,眼睛瞪得大大的。

"当然记得!其中有些是不可思议的物种,而且非常有趣!老实说,你可能再也见不到比腕龙更滑稽的喜剧演员了;当然,有些物种大得出奇,比如巨盗龙,那简直是个奇观;而三角龙,最不值得信赖。我很怀念古老的始祖鸟,还有后来的可爱的长毛猛犸,还有欧洲野牛、江鳕鱼、大海雀——你知道,它们体形庞大——噢!还有那些非常奇特的蓝色蝴蝶,如今你再也见不着它们了。我怀念从自然世界中消失的一切,甚至是那些微小的东西。"

"那人类出现时是什么样?"莫斯问。

"哦,起初也没有什么变化——或许有,但我没注意到。最开始,他们说的是自然世界的隐语,和其他野外生灵没什么两样,繁殖得很慢——所以我们根本没关心,好比许许多多的甲虫一样,无人在意。甚至当人类学会了种植,我们也没有太过担忧,反而,我们很喜欢他们造出新地方来让我们打理,比如他们为了获取木材而种植的树林,还有那些树篱和用于推动磨坊水车的池塘。"

"我真的很喜欢又浓又密的树篱。"莫斯说。

"噢,我也是,"伯内特赞同道,"谁会不喜欢呢?"

"不过现在,我看得出来,当他们开始掌控自然世界,我们作为守护者的时代就结束了。当人类接管一切、改天换日之后,再想照管好自己属地上生活的所有树木、植物和动物就更难了。如今,我们自己就活得像个动物——这样当然也没什么不好,不过,我还是怀念有一份工作的生活,你明白吗?"

"我也是,"伯内特说,"我的属地曾是一片美丽的欧洲椴树林，里面世代生活着野猪，我一直好好地保护着它们。无论发生什么，我都确保依赖那片地方而生存的所有野外生灵都拥有美好的家园。你真该看看，每年春天出生的小猪崽儿，身上带着一条条斑纹，还有春天的树叶在微风中跳舞的样子！"

"那后来怎么样了？"库缪勒斯问。当然，他们都知道后来发生了什么，可是有的时候，让你的朋友们多讲几遍他们的故事也十分必要。

"树都被砍倒了，做成了家具，"伯内特眼里闪烁着泪花，"之后，我……我就只好搬家了。"

其他人都同情地频频点头。对于他们曾经照管过的地方，比如莫斯的那片开满野花的草地，库缪勒斯的那片宁静祥和的池塘，他们也有很多故事要说。

"那么……现在人类是自然世界的守护者吗？"莫斯问。

库缪勒斯皱皱眉头，说道："潘神一定是如此任命……可人类尚未领会。"

那只隐形的手让库缪勒斯感觉有些尴尬，所以他没有跟莫斯和伯内特一道去问候那些花园居民，这是第一次他们三个好友没有同行。他们向新来的居民介绍自己，比如快乐的长尾鹦鹉演出团，它们习惯了每年路过这里。他们遇上了栖息在隔壁的一伙儿麻雀，还和家鼠阿须聊了一会儿天——它是生活在52号地下的鼠民，它的家族在此繁衍了两百多代。

他们无论走到哪里，都会打听一些去年冬天的小道消息，这是因为莫斯每年都要创作一首民谣。民谣就是讲故事的歌，如果你不想唱出来（莫斯唱歌实在太难听了），那它还可以像诗一样念出来。莫斯的民谣很好地记录了自上个布谷鸟夏天以来，在白蜡树路发生的一切。大部分内容，动物们都很喜欢——除了那些曝光丑行的部分，比如，篱雀[1]贪贪偷偷交往三

---

[1] 篱雀，学名林岩鹨（liù），一种灰褐色或棕色的小鸟，常在树篱或灌木丛中筑巢。

个男朋友，或是一只本地松鼠偷吃了所有大山雀的蛋，等等。

"当然，只是为了好玩，"莫斯对长尾鹦鹉卡洛斯说，"我知道，我远远比不上远古那些正统的叙事诗作家。"那些伟大的民间故事和传奇流传千年而不朽，而莫斯编的故事歌谣还不能与它们相提并论。

下午茶时间，一股凉风袭来，天空乌云密布。

"哦，这情况可不太妙。"伯内特说完，快步爬到一朵黄水仙上，以便更好地观察西边黑压压的地平线。尽管伯内特偶尔装装傻，可他却是三个人中最擅长分辨天气，也是最具方向感的一位。"我们快回家吧，看看库缪勒斯怎么样了。虽然他的手既不疼也不痒，但我还是有些担心我们的这位老朋友。"

水仙花黄色的小喇叭慢慢地下降，把伯内特轻轻地放回花坛。

"每年这个时候，下点儿小雨正合适，"莫斯说,"能滋润万物生长,不是吗?花园长些杂草和野花也不错——可人类总是不停地除草,只有潘神知道这是怎么回事,而他们种的那些花都是蜜蜂不喜欢的。"

还是回到白蜡树里更安全。莫斯经历长时间的社交活动后,就需要安静一下;而伯内特恰好相反,他和朋友们玩上好几小时都乐此不疲。

"这可不是一点儿小雨,"伯内特回答,"我想,我们可能赶上了一场大暴雨。"

他们俩一前一后走回树洞。此时此刻,房屋里的一位成年人类碰巧正在朝窗外看,琢磨着是否该把晾衣绳上翻飞的衣服收回家,而他俩对此浑然不觉。

树洞里,库缪勒斯正安静地坐在地上,摆弄着一小堆沙粒。这些颗粒是他几个世纪以来的收藏,并且来自不同的地方。有些色彩艳丽,有些图案稀奇复杂;有的是珊瑚的微粒,还有的是极其微小的化石。

"在整理你的收藏吗?"莫斯问。

"有时候我就想把它们拿出来看看,它们总是让我回忆起远去的岁月。"库缪勒斯一边说,一边小心翼翼地把它们一粒一粒地放回小木盒里,"那些花园居民怎么样啊？大家都好吗？"

"都很好，"莫斯回答，"老鼠家族又添了许多新丁；钩粉蝶[1]刚从冬眠中醒来——它叫琼；不过我们没找到刺猬荆豆猪，哪里都没有。"

洞口整整齐齐码放着晒干的苔藓和小树枝，伯内特去取了一些，然后用火石的碎片来生火。只要方法正确，敲击这些火石就会冒出火星。几个世纪以来，他们都用这种方式非常安全地生火，每个人都能做得又快又好，还带着几分优雅，几乎想都不用想。这就是熟能生巧，任何一种动物（甚至包括人类！）如果反复练习某个技能，那么他做这件事的过程就会令人赏心悦目。

莫斯是三个人中厨艺最好的。他从橱柜里拿出七叶果面包、蜂蜜蛋糕、一些风干的黑莓和三只烟熏蚂蚱（吃起来有些像酥脆的烟熏培根，不过更有嚼头）。美味的诱惑实在难以抵挡，于是莫斯把"多余"的蜂蜜蛋糕碎屑都塞进了自己嘴里。他太喜欢吃了，所以有时候很难公平地分配食物——尤其是当周

---

[1] 钩粉蝶是一种淡黄色的蝴蝶，成虫寿命可达9至10个月，会以蝴蝶的形态冬眠。

围没人的时候。

"天哪！起风了！"伯内特说，距离他们头顶很远的巨大树枝开始来回摇摆、嘎吱作响，"当然，一年中这个时候经常会狂风大作，都在预料之中。"

"你说得对，"莫斯说道，"不管怎么样，我们这里很安全。对吧，库缪勒斯？"

一直没人搭腔。他们的老朋友正在啃一块特别有嚼劲的蚂蚱腿，用的是那只透明的手，看上去那块蚂蚱腿好像飘浮在空中。终于，库缪勒斯把蚂蚱腿咽了下去，接着，他又掰了一块蜂蜜蛋糕，一边嚼一边盯着火苗发呆。

"你还好吗？今天你一直都沉默不语，"伯内特说，"你一定是很担心你的手吧？"

"是的，是有点儿，而且……嗯……我正在想我们乡下的亲戚们，你们还记得多德尔、鲍德莫尼、克劳贝里和亲爱的史尼沃特[1]吗？"

"我们已经有一百个布谷鸟夏天没听到他们的音讯了！"莫斯说，"他们还是住在乡下的溪边吗？叫

---

[1] 多德尔、鲍德莫尼、克劳贝里和史尼沃特分别是菟（tù）丝子、熊根芹、云莓和珠蓍（shī）这四种草本植物的音译名。

富丽溪，对吗？"

"就是那里，"库缪勒斯说，"多德尔是我们这一族中唯一还留在老家的人，自远古以来就一直照管着那个地方：一条小溪的拐弯处，好几代橡树生长在那里。"

"那地方听起来像天堂。"莫斯出神地说。

"我真希望他们就住在附近，"库缪勒斯说，"我在想，或许他们可以告诉我们这到底是怎么回事，就是……关于消失的事。史尼沃特懂一些药草知识，而且你知道吗，多德尔甚至比我还老，他也许知道该怎么办。"

"你猜还有谁可能知道？罗宾·古德菲洛[1]。"

"你说得对，莫斯。他是我们隐秘族的第一人，年岁也是最大的。我们的确见过一次，不过，恐怕我也不知道他现在住在自然世界的哪里。"

"我知道！"伯内特猛然说，"为什么我们不来一次远征——去参观一下富丽溪呢？前面一程由我来引路，等到了郊外，或许可以请鸟儿来帮助我们。

---

[1] 罗宾·古德菲洛是英国民间故事中最具代表性的妖精之一，热衷于各种恶作剧。

乌鸫先生和亮闪闪说得对，我们困在白蜡树路太久了。"

他们三个围坐在火堆旁，花园里越来越暗，树洞上方的树枝"嘎吱嘎吱"地发出不祥的预兆，大滴大滴的雨点啪嗒啪嗒地落下。他们一直说啊说啊，直到洞外房屋里的灯光一个接一个地都熄灭了。一会儿，他们似乎都打定了主意：就待在安全的地方原地不动；一会儿，库缪勒斯又提出，那样的话就没办法知道消失到底意味着什么，然后话题又转向了。最后，大家似乎都下定了决心：他们一定要去拜访乡下的亲戚，一定要到富丽溪去。

可是莫斯真不愿离开他们在白蜡树树洞的这个温馨的家，也不愿离开可爱的花园，他们的朋友都生活在这儿。当然，他们也怀念曾经照管过的那些地方，不过，对莫斯来说，那些遥远的记忆并不那么清晰了。真正算得上家的就是白蜡树路了，即使现在，这里已经不再是原野中的一行绿树，而是一个普通的花园，周围都是人类的房屋和街道——他们还从未涉足过那些街道。事实上，莫斯甚至无法想象花园那高高的树篱之外的世界，而当你无法想象某种东西的时候，它就会显得比现实中的更加可怕。

最后，他们又困又累，无法继续讨论下去，于是拿出各自的睡袋，蜷缩在里面，感觉温暖又舒适，很快就进入了梦乡。

暴风雨之夜，阵阵大风刮得薯条包装袋、塑料花盆在白蜡树路上漫天飞舞。家猫躲在室内，而狐狸不惧风雨，整夜都在外面小跑着忙于自己的生意。雷声隆隆，闪电交加，由远处迫近。当响雷在头顶上空轰鸣时，闪电先击中了远处的一座塔楼，而后又击中了附近一座教堂的尖顶。

那一夜，莫斯睡不安稳，他几次翻来覆去，嘴里叽里咕噜，还发出了一声惊叫。伯内特鼾声依旧，而库缪勒斯则一直没睡，躺着欣赏天空中的电闪雷鸣。库缪勒斯摸黑走到莫斯的睡袋旁，为他轻声哼唱起一首催眠的歌谣，直到莫斯酣然入梦。这是一首古老的旋律，已经没有人知道它的意思了。事实上，这是隐秘族中最年长的罗宾·古德菲洛传下来的，可以追溯到远古时代——

> 白蜡树、橡树还有荆棘丛，
> 出现在地球的曙光中。
> 花楸树和紫杉，
> 会将这世界变得不同……

夜雨渐渐消停，暴风雨耗尽全部气力后撤退了。一只鸟叫醒了黎明，白蜡树路的天空如水洗般晴朗，新的一天开始了。

就在这时，那棵又老又朽的树在一阵剧烈的晃动后，发出令人恐怖的"嘎吱嘎吱"的声响——大树裂成了两半，向两侧轰然倒下，砸向树篱，压住了草坪、花坛和蹦床，到处散落着断枝碎叶，花园立刻变得面目全非。那座人类的房子里，大人和小孩都从睡梦中惊醒，他们坐在床边瞪大眼睛，吓得心惊肉跳。天空中一大群鸟疾闪而过，发出尖厉的警报声。

在那可怕的一瞬间，整洁的花园被毁了，树洞里的安乐窝也不复存在。精致的树皮橱柜被压成了一堆碎片，库缪勒斯的沙粒收藏盒也消失得无影无踪，装着美酒佳酿的蜗牛壳几乎全被砸得粉碎，大树里的三位住户已不知所终。

3

结尾与开篇

无家可归之后,隐秘族被迫踏上求索之路。

在古老的白蜡树倒伏的地方,一个孩子踮着脚,小心翼翼地穿行在一片断枝残叶中。她穿着睡袍和方格子睡裤,头发乱蓬蓬的,手里还拿着半片面包,上面涂着厚厚的一层巧克力。

"嗯……有人吗?"库缪勒斯从一个倒扣的鸟巢下面喊道。

"哎哟,救命!"是伯内特的声音。只见他一阵乱踹,好不容易才把压在他蜘蛛丝睡袋上的一根细枝——可以算得上一根大树枝——踹了下去。就在大树倒下之前,他的睡袋里还是又暖和又安全的。与此同时，莫斯也在费力地从一串白蜡树种子里向外张望，那串棕黄色的干枯种子遮住了清晨的天空。

"世……世界末日了吗？"莫斯惊慌失措地问。

就在莫斯毫无防备时，一只大手伸了过来，把他眼前俗称"钥匙串"的白蜡树种子摘了下来，一下甩到好远，仿佛那串"钥匙"一点儿都不重似的。正打算冒险前来营救的伯内特发出一声尖叫，一头扎进了库缪勒斯的鸟巢里。

接下来发生的事情让莫斯永生难忘。一张人类的大脸——棕色的皮肤、黑色的头发、下巴上沾满了巧克力，正望着他们残存的、可爱的家。而且，那张脸上还挂着微笑。

"嗨！"一个声音说。

莫斯全身都僵住了，一时间目瞪口呆。

"你受伤了吗，小人儿？"

一个人类的小孩怎么可能会说自然世界的隐语？或许这是幻觉，肯定不是真的！

"我的名字叫萝，住在隔壁51号，就是树篱的那一边——好吧，残存的树篱的那一边。你叫什么名字？"

"嘘——莫斯！"从倾覆的鸟巢下面传来很大的声音，是伯内特，"别告诉她你的名字！"

"莫斯！"女孩说，"好酷的名字啊！是简称吗，像我的名字一样？"

莫斯把睡袋拽到下巴那里，仅露出一个小脑袋摇了摇。

"就叫莫斯？好的。那么，很高兴认识你——这是礼节，爸爸说的，不过我老是忘。你需要什么帮助吗？或许我可以帮你，比如，要是你想吃糖，我可以把我的分给你一些。"

莫斯浑身发抖，一句话也没说。

"你想让我把你带到安全一点儿的地方去吗？比如我们的小棚屋，敞着门的？去年夏天，一只鸟从阳台门飞进了我们家，爸爸说它需要安静，就带它去了小棚屋，结果爸爸说得对——它休息好就飞走了。"

莫斯还是一言不发。

"那是一只苍头燕雀，"小女孩继续说，"是雄鸟，爸爸说，它们就住在我们家的树篱里，这就是为什么我们让它们长得那么大——我的意思是，让树篱长得那么大。你见过鸟巢吗？我见过——一个旧鸟巢，圆圆的，里面有很多软软的羽毛，我想，那些筑造鸟巢的鸟可真聪明。"

没人接话。

"我不知道那只笨鸟怎么就从阳台的玻璃门飞了进来，肯定是它自己没注意。不过，它没事我就很高兴，虽然它还在我的滑板车上拉了一泡屎。"

可怜的莫斯眨眨眼，一脸茫然。萝咬了一口她的早餐面包，在嘴里嚼起来，歪着脑袋。

"也许……我应该……不要打扰你？"

莫斯努力点点头，动作缓慢。

"这不公平——没有一个动物想和我玩，我只是想交个朋友而已。你能告诉它们吗？我是很友好的。话说回来，你的家被毁了，我很难过。你家看上去真的很舒服，甚至比鸟巢还要舒服。那你现在准备去哪里？"

莫斯耸耸肩膀。现在他心烦意乱，还没想后面的事情，况且，旁边还站着一个可怕的人类。

"好吧，我希望你能找到一个新家，而且最好就在附近，这样我就能去看望你了。你真应该来我家的花园看看——比这里可好玩多了。我们种了一片野花，啥都有。好了，我要准备去上学了。"

莫斯长长地呼了一口气。

"哦，对了，你想吃一口这个吗？超好吃，我自己做的。"她扭过身，递过来一块面包，上面的巧克力酱开始往下滴，像美味的棕色岩浆。

"不要？那好吧。再见了，莫斯！"她咧嘴笑了笑，咬了一口面包，然后在倒伏的白蜡树散落的残枝败叶间小心翼翼地挪步，向着她家的花园走去。

等女孩走进了自家花园，隐秘族的三个小人儿飞快地朝着一个花坛冲了过去。当他们在户外活动的时候，这里的常绿灌木就是他们的安全区。接下来，他们情绪失控了几分钟：蹦跳、跺脚和喊粗话，张牙舞爪、相互质问但却不听解释，他们双手抱头，将被人类看见之后，身体和心灵上的恐惧和紧张统统发泄了出来。

隐秘族被人类看见的情况非常少见，不过也发生过。例如，大约在一百年前，北安普敦郡住着伯内特的两个远房亲戚，他们在一条水沟里划圆形小艇的时候，发现岸上一片密密麻麻的植物中蹲着一个穿短裤的小男孩，正目不转睛地盯着他们，脸上一副欣喜若狂的表情。他们害怕极了，使尽全力划着悬铃木种子做的桨，迅速逃离。接下来的几年里，他们俩一直担心，那个小男孩是会一辈子都保守这个秘密呢，还是会在长大以后就把那天的事告诉别人呢？

库缪勒斯和伯内特安静下来后，莫斯又继续哭了一阵——这样的确让他好受了些——他们从灌木丛的底部偷偷向外窥视，看看他们的家还剩些什么。

"天哪，今天我们可真幸运，"库缪勒斯说，"我们本来真有可能受重伤，或者，甚至可能会死掉——就算不被树砸死，也有可能被刚才那个人类弄死！"

"幸运？你这是什么意思？还幸运？"莫斯说，"我的意思是，虽然她没把我压扁，也没把我捉去当宠物，可我们温馨的家却永远不在了！花园被毁，我们的家产几乎也没了——包括你的沙粒收藏！这可一点儿都不幸运。哦，我们该怎么办呢？我们能去哪儿呢？我们的命运是什么？还有，看在潘神的分上，为什么我刚才都没想着至少要点儿糖果呢？"

"有一点，我不明白，"伯内特说，"那个孩子怎么会说自然世界的隐语？我还以为人类早就忘记了呢。"

"或许，她是一个特殊类型的天才。"莫斯提醒道。

"是的，我猜一定是这个原因，"伯内特回应道，"尽管她看上去不是特别像个天才，因为她把食物吃得满脸都是。"

"我在想……"库缪勒斯说，"是不是就像玩游戏？每个孩子都爱玩游戏，只要有机会，他们就玩。可是，成年后的人类就不会这样。或许，说自然世界的隐语也是同样的道理——人类一长大，就会忘记怎么说。"

"大人不玩吗？哦，那可太悲哀了！"伯内特说，他最爱玩"橡子跳跳"游戏了，"那他们做什么来娱乐呢？"

"我也一无所知啊！"库缪勒斯回答。

"唉，不管怎样，别担心了，莫斯，"伯内特安慰他说，"想想看，我们在自然世界中生活了这么长时间，可在这么长时间里我们又住过几个地方呢？我们出发去富丽溪吧，我们讨论过的。大家是不是都同意我们该换个地方了？"

"嗯……"库缪勒斯说,实际上他觉得大家还没有达成一致意见呢。不过,前一天夜里最犹豫要不要去探险的莫斯,现在却改变了主意,因为白蜡树的家已经不复存在了。

"好!我们今天就直奔富丽溪,去找我们的亲戚。听说他们那个橡树的家特别坚固。"莫斯说。

"哦,是的,"伯内特说,他用胳膊肘轻轻碰了碰库缪勒斯,"特别舒适宜人,嗯……貌似还很宽敞!"

"而且明亮又通风,"库缪勒斯附和道,"据我所知,也是朝西。"

"好了!那就这样决定了。"莫斯说。

在接下来一小时左右的时间里,莫斯、库缪勒斯和伯内特在白蜡树的残枝碎叶中搜寻,那些幸存下来的东西被随意地堆成一摞摞,偶尔还会挡住另一个人的路。莫斯走走停停,看看哪些东西还可以粘起来,或者缝补一下就能恢复原样；库缪勒斯正仔细检查他的每一颗沙粒，然后又悲伤地一粒一粒扔掉。

两个成年人类一度从房子里走出来，他们瞪着倒在花园里的大树残骸看了一会儿，然后大声交谈，说了一堆莫名其妙的话。那时三个小人儿已经躲进了一堆树枝后面。之后，每当有人类出来，伯内特就发出警报："嘘！过来！""快跑！"大家都忐忑不安、忧心忡忡，没人喜欢这样。终于，库缪勒斯没忍住，嘟哝了一个不可饶恕的脏字。

"瞧，伯内特，"莫斯说，"我们要尽一切可能快快离开这里。你为什么不去挖个坑，把我们带不走的东西都埋起来呢？如果什么时候我们再回来，就能找回我们的东西，我可不想让鼩鼱[1]把它们都偷走，你也知道它们会做出什么事情来。"

一听到这些，伯内特猛地跑开了。库缪勒斯帮着莫斯一起整理，他们把一个坚果壳小碗、弹弓、雕花小勺和每个人的睡袋一字摆开，然后讨论着要带多少个干蚂蚱腿、多少块蜂蜜蛋糕上路。只有一个蜗牛壳

---

[1] 鼩鼱（qú jīng）是一种外形酷似老鼠的小型哺乳动物，吻部细而尖，吃昆虫、蚯蚓等。

还是完好的——里面盛放着接骨木甜酒,那是最好的年份酿的。他们把这壳美酒放在一旁,准备为他们即将开始的旅程干上一杯。

"我一直有个问题想问问你,"库缪勒斯说,"昨晚你好像做了一个噩梦——有一阵儿你还哭了,记得吗?"

莫斯停下手里的活儿,两只手里还各拿着一段钓鱼线。"我的潘神哪!你说得对,我的确做了一个可怕的梦。我刚想起来,我梦见——嗯,我梦见我们全都在渐渐消失。"

"我们三个吗?"

"是啊,还有富丽溪的亲戚,整个族群都消失了。我知道,只有人类或人类造的东西可以杀死我们——可在梦中,我们不是被杀死的,而是……自己慢慢消失了。"

"哦,莫斯,那可太可怕了,真令人难过!"库缪勒斯说,"你想抱一下吗?"

"是的,抱抱我吧。"莫斯说。

"库缪勒斯……"莫斯在他的怀抱里嘤嘤地说,"那只是个噩梦,对吗?我们不会真的消失吧?"

库缪勒斯趴在莫斯的肩头，一脸严肃。两个人都还没来得及说几句话，伯内特这时出现了。他宣布，洞挖好了，而且可能是自古至今挖得最好的一个洞。

"哦，你速度真快！"莫斯说，他很高兴看到他们的这位朋友带着好情绪归来，"你是怎么做到的呢？"

伯内特倚在他新做的铲子上——是一片被切割成铲子形状的硬质的、光滑的冬青叶子，叶子上方粗壮的叶梗就是手柄。

"哦，我招募了一些蚯蚓，"伯内特回答道，"它们都很乐意搭把手。哦，当然不是用手，因为看上去它们都没有手……"伯内特说到这儿，不禁咯咯咯地笑起来，库缪勒斯使劲戳了一下他的腰，他才止住。

"你真是聪明。"莫斯说。

"我的玩笑吗？哦，是的——我的意思是，我的确够聪明。"伯内特得意扬扬地说，"言归正传，我先是找到了一块好地方，然后就开始跺脚——你知道的，就像海鸥扇动翅膀那样轻快地拍打地面，听起来仿佛是雨点落在地上，这样，所有的蚯蚓都从地底下钻了出来。等它们钻出来之后，我就问它们是否可以帮我松松土，好让土变得又松又软，之后，我再把土铲出来。"

"那它们白为你做这些吗？"库缪勒斯将信将疑地问。蚯蚓可不那么友好，它们尖酸刻薄，而且还落落寡合，从不与外人接触。

"哦，当然不是，我们做了一笔交易。我向它们保证，如果它们肯帮忙，那今年夏天乌鸦先生就不吃它们。"

"嗯，好吧，只是你要确保在我们走之前告诉乌鸦先生。"库缪勒斯说。（但伯内特忘了个一干二净。就在第二天，鲍勃一下子就吃掉了它们中的三条，激起了蚯蚓王国的一片愤慨。）

当他们把最后一包冬衣、最后一批有用的碎木屑、最后一包玫瑰花瓣糕还有最后一块坚果黄油都包裹好，码放到花坛中那个"非常大"的洞里之后，又在洞口铺上了一层坚硬、光滑的月桂树叶，然后才盖上土。他们三个回到灌木丛中的临时避难所，吃了最后的午餐，又将接骨木甜酒一饮而尽。

"唉，我想，我会怀念我们这个温馨的小家，还有这座可爱的老园子，"伯内特说，"可还是要为我们的旅行干杯！"说完，他大口吞下蜗牛壳中的甜酒，并且打了一个饱嗝儿。

"为旅途顺利干杯！"库缪勒斯更加严肃，他用那只透明的左手举起蜗牛壳，敬了敬各位。

"给我留一点儿！"莫斯喊道，可蜗牛壳的内螺里只剩下一些沉淀下来的渣子——并且尝起来还有些软体动物的味道。

到了下午，阳光明媚，和暖宜人，是最近难得的好天气。这样的天气最适合出发去远足。他们背上背包，和花园里的朋友们依依惜别。长尾鹦鹉演出团成员个个兴高采烈，因为他们彼此相识的时间还不长；可家鼠阿须和它的太太奥利维亚却号啕大哭起来，因为莫斯、库缪勒斯和伯内特是它们所有后代的教父，而且也是他们祖先们的教父。

欧椋鸟亮闪闪飞落在蹦床边，冷眼看着眼前的一切，一副漫不经心、事不关己的样子。它闭着嘴巴，嘴里却发出有节奏的"咔嗒咔嗒""哗哗哗哗"的声音。轮到它上前道别时，只说了一声"一路平安"就飞走了。接着，乌鸫先生的太太萝贝塔递给他们一人一只小鼻涕虫，嘱咐他们路上吃；与此同时，鲍勃还陪着他们走了一小段路。

最后，莫斯、库缪勒斯和伯内特终于离开了这片熟悉的土地。很久很久以前，这里还不是花园的时候，他们就生活于此了。他们三个悄悄地从垃圾桶和砖墙之间的缝隙中穿过，上了白蜡树路。就在最后一刻，莫斯扭头回望，眼睛里满含泪水。他努力忍住眼泪——毕竟，大树倒了之后，这里已面目全非，没有必要回头了。时易世变，他们该离开了。

午后，放学之前，四周没有一个孩子，大人也不多。他们一行三人紧贴着人行道的内侧行走，时不时要躲避到大树或花园大门的后面，待危险解除后再继续小步快跑。伯内特在前面领路，他用口水舔舔手指，然后高高举起测试风向。鲍勃一直在他们的头顶上空伴飞，从大树到门柱、到走廊、到灌木丛，时刻注意并提醒他们什么时候该躲避起来：比如，有人推着婴儿车走过来了，或是有一只猫正从一座房子溜到另一座房子，它们虽然一脸无辜，却时刻准备着捕猎并杀死任何小东西。鲍勃陪着他们走过几座房子后，停了下来。

"我不能再跟着你们了，朋友们。"它的声音从头顶传来，清脆婉转。此时他们三个正躲在一辆停在路边的汽车下面，"我的领地就到这里了，再往前就是另一只乌鸫的地盘了。不过，要是你们能等一下，我看看能不能找一只为你们放风的鸟，护送你们下一段的旅程。"

它飞上一棵正欲吐艳的缀满粉色花苞的樱桃树，然后朝着林荫大道的方向张望。远处的道路上是一排排汽车，两侧是一家家的屋顶，还有大大小小的花园。它放声唱了一曲美妙欢快的歌。很快，另一只雄乌鸫出现在旁边的树上，也要一展歌喉。不过，歌唱比赛尚未开始，乌鸫先生就向那只鸟解释了缘由：它并非有意进入对方的领地，也无意偷取它的食物或搭讪它的女友。乌鸫先生讲了莫斯、伯内特和库缪勒斯的事以及他们的探险计划。那只鸟一边听，一边歪着脑袋，用它那双镶着金边的眼睛向下望着他们三个。

之后,鲍勃飞走了,在一道道树篱和围栏间上下翻飞,最后回到了它位于52号的领地。

就这样,三个小人儿的第一段旅程就在乌鸫的护送下结束了。他们穿过整个林荫大道,一直走到所有房子的尽头。谁能想得到,一只鸟接着一只鸟唱着悦耳动听的歌,护送并指引三个小人儿悄悄地顺着人行道,离开了他们居住了两百个布谷鸟夏天的家——或许,永远不再回来?

4

过 客

一只夜行捕食者发现了
他们的营地。

天擦黑时,三个小人儿已经离开了城市。现在,路上没有街灯,也没有房屋或菜地;这里是一片平坦的、绿草如茵的高尔夫球场,没有什么车辆经过。他们还没有走到真正的乡下,因为乡下一定有大片农田或原野,而这里仅仅是一片过渡地带。

旅途中,他们一直留心看(也留心听),留意着其他隐秘族的踪迹,尤其是当他们走到有些古老,甚至有些荒凉,而且乱糟糟的地方:潮湿的水沟,低矮的树林,特别是有古树的地方时,就更加留意。可是,他们在这些地方没有发现任何同类——或者说,即使有同类，他们也不打算让自己被发现。

伯内特利用大自然的各种迹象来确定路线：比如找寻夜空中北极星的位置；观察树干哪一侧有绿藻生长；他也懂得蜘蛛网通常结在背风地。

"我说，我们就在灌木丛里支帐篷露营吧，"伯内特环顾了一下四周说，"今天我们走了很远的路，我感觉有些饿了。"

"我也是！"莫斯说，"我可以一口气吞下一整只蝌蚪。"

"是啊！我们休息吧，"库缪勒斯说，"我也累了。"

在帐篷里过夜实在是一件特别令人兴奋的事。首先，在一片荒野中营造一个温馨的小家，这会让你感觉自己超级勇敢，仿佛无所不能。其次，架一堆篝火做饭，在繁星点点的野外用餐也充满了乐趣。然后，你躺在舒适的帐篷里，倾听着夜晚的各种声音，就算外面下起了雨，你也会舒舒服服、安然无恙，这种感觉令人愉快。

当然，作为野外的生灵，大多数的隐秘族都是露营的好手。虽然莫斯、库缪勒斯和伯内特一直在白蜡树路定居，可他们的野外生存技能很快就恢复了。他们轻而易举地支起三顶蝙蝠皮帐篷，就在树篱的下方，一丛丛白屈菜、枝枝蔓蔓的常青藤和一些枯枝败叶中间，你几乎看不见他们。莫斯在帐篷中间清理出一片空地，然后架起篝火，确保火星不会意外点燃附近的任何东西。伯内特去找奶酪球（这是他们对土鳖虫的叫法），那可是一种美味佳肴。隐秘族——尤其是旅途中的人——喜欢将土鳖虫用泥巴包裹起来，然后放在火堆的余烬里烤，就像烤小土豆一样。

树篱的下方还有垃圾，都是人们从车窗里扔出来的：果汁盒子、外卖盒子、几片糖纸，这些东西永远不会自然腐烂，因为它们是塑料做的。显然，这片树篱无人照管。更有甚者，这里还有一条男孩的尼龙裤衩儿，上面印着超人的图案。伯内特是个务实的人，他想，这条裤衩是否可以利用起来，做个降落伞或是船帆呢？不过，还是算了吧，这恐怕不是一个好主意，它看上去不是那么干净。

不远处有个树桩，上面有道裂缝，裂缝里贮藏着一些榛果。这些榛果是一只堤岸田鼠在去年秋天的收藏，可在霜降的那天，它被一只有着赤褐色背羽，名叫"翱翔机"的茶隼给抓走吃了。伯内特很快就把这些坚果收入囊中,外加十一只倒霉的土鳖虫,它们藏在一堆落叶和朽木的碎屑下面,统统被伯内特发现了。

慢火烘烤的奶酪球填饱了他们的肚子,之后,莫斯在火堆上撒了一把土,确保火苗完全熄灭。接着,他们爬进自己的帐篷,钻进睡袋。没过多久,伯内特的帐篷里就传出如雷的鼾声。不过,在另外两顶帐篷的黑暗里还闪烁着几只明亮的小眼睛:两只在莫斯的帐篷里,一只在库缪勒斯的帐篷里。

"库——库缪勒斯,"一个颤抖的声音从莫斯的帐篷里传出来,"库缪勒斯,你睡了吗?"

"没呢,莫斯,你是想家了吗?"

"有点儿。"

为了不吵醒伯内特,库缪勒斯悄悄地爬进莫斯的帐篷。

"我离开我照管的那片草地时,也有类似的感觉,"莫斯难过地小声说道,"我知道,你照管池塘的时间比我更长,可那时候我感觉自己的心都碎了,难过了一百个布谷鸟夏天。直到现在,我偶尔还会有这种感觉。"

"我懂,"库缪勒斯说,"虽然我们不再是自然世界的守护者了,可我们依旧深爱着自然世界。我也想念我们的白蜡树路。"

"你觉得我们还有机会再回来吗?"

"谁知道呢。不过想想看,当初你离开你的草地,和伯内特交上了朋友,又一起找到那排美丽的白蜡树,在那里安了家,对吗?后来,我又来了。我们或许没有了工作,但至少我们还有彼此。我们三个永远都会是朋友,你明白吗?直到永远。"

莫斯努力地挤出一个微笑。"谢谢你,库缪勒斯。"

"这没什么。现在,我要告诉你一件事,因为我也需要和别人商量。你可不要告诉任何人,也不要大惊小怪,好吗?"

莫斯感觉受宠若惊。被别人信任,让别人觉得自己有用,这种感觉很棒。

"好的。是什么事?"

"就是……嗯……是我的手。"

"是那只看不见的手吗?还是另一只?"

黑暗中,库缪勒斯把一只手举到莫斯的眼前。这一次，不是左手，而是右手。

"就是这只，你看。"

"我什么也看不见。"

"我知道，问题就在这儿。"

"哦，库缪勒斯！"莫斯轻声说，他使劲眨眨眼，让眼泪憋回去。他们拥抱在了一起。库缪勒斯让他别担心，可莫斯却许久无法入睡。

夜半时分，一片漆黑，三个人突然在各自的帐篷里坐了起来，他们瞪大眼睛，不知道是被什么惊醒。他们小心翼翼地掀开帐篷帘子向外瞅，互相小声地喊话："哎，你醒了吗？""你听见什么动静了吗？""是啊，我也听见了！"

那个夜晚没有月亮，黑暗中只有远处城市的灯光闪烁。好在，隐秘族在黑夜中也能看得清清楚楚，附近并没有什么危险。上一年干枯发黄的树叶还挂在树篱上，"哗啦啦"发出诡异的声响，除此之外，他们没有听到或嗅到任何人类的气息。可一定有什么东西或什么人就在附近，他们三个都确确实实感觉到了周围的异样。

那个惊醒他们的声音又来了，来自他们的头顶：先是一声尖厉的"喀——喂喀"，而后是远处呼应了一声颤颤巍巍的"咕——呼呼"。一只面部有个心形的棕褐色猫头鹰，披着漂亮的斑点羽毛，从横贯在马路上空的山毛榉树枝上飞了下来，降落到树篱下。

"喂，你们三个究竟是什么东西？"猫头鹰凝视着他们，"我知道你们不是田鼠，真可惜！因为我饿了。你们是小妖精吗？"

库缪勒斯、伯内特和莫斯大为恼火。"绝对不是，"库缪勒斯说，"我们是隐秘族。你呢，恐怕就是大名鼎鼎的灰林鸮吧？"

"你说对了！我是本太太……喀——喂喀！"它又尖叫了一声，然后奇怪地向右侧扭了扭头，等待着"咕——呼呼"的应答声。"那是我的另一半——它有些害羞。噢噢，你们是隐秘族？太有趣了！我在故事里听过，可还是头一次见到你们呢！老实说，我以为你们早就灭绝了呢！"

"灭绝？"库缪勒斯皱皱眉头，"哦，不，那不可能！我们族群是永生不灭的——自然世界永远有我们的存在。灭绝？潘神在世，绝对不会。"

伯内特大声问："那这一带真的没有我们族群的人生活吗？一个也没有？"

"据我所知没有，恐怕没有，肯定没有。你们是路过，还是要留下来定居呢？听我说，我很希望你们留在我的地盘——据说，你们族群代表着幸运。如果你们愿意，等我捕猎结束，会立刻帮你们侦察出一个地洞。就算天亮了再飞一会儿我也不介意。"

"哦，我们是要去富丽溪，去拜访我们的远房亲戚，"伯内特说，"不过，特别感谢你，你真好！你知道我们还要走多远吗？"

突然，本太太的眼睛略微凸起，莫斯和库缪勒斯紧张地交换了一下眼神。过了一会儿，只见它直立起身体，闭上眼睛，张开嘴，吐出一小团光滑的东西，留在了草地上：灰色的软毛，啃得干干净净的骨头，还有它最近吃过的一些无法消化的东西——田鼠的脑壳啦、老鼠的脊椎骨啦、甲虫闪亮的翅膀啦，甚至还有一个青蛙的下颌骨。莫斯吓得后退一步，可伯内特却看得津津有味。

"抱歉！"本太太说。它又恢复到平常的身高，大眼睛眨巴了两次，"嗯，富丽溪……我记得，我有个远祖曾经生活在那条溪岸边的一棵树上——你们也知道，这是一代代流传下来的说法。不过，那个地方可很远很远，冬天到来之前，你们是不可能徒步走到那里去的，噢噢，不可能，根本不可能。"

伯内特的计划原本是请鸟类帮忙，这只猫头鹰是他们遇见的第一只鸟，它比乌鸦或麻雀都飞得更远，可它却不能帮助他们赶路。能分清南北、能利用天上的星星指路固然重要，可还是得知道到底该往哪个方向走才行——而且还要知道要走多远。

库缪勒斯扭头对伯内特说："我早就知道，以我们的速度，这么远的路根本不可能走得到！我们太小了。"

莫斯焦虑地看看这个、看看那个。有时候，他们会生对方的气，这让人感觉很不爽。有一次，他们在是否要养一只金龟子当宠物的事情上争吵不休，伯内特踢了库缪勒斯一脚，库缪勒斯直接坐倒在金龟子身上，把它压了个稀巴烂。虽然这也算是解决了问题，可他们却近十个布谷鸟夏天没说话。那段时间大家心里都不是滋味。

本太太十分不雅观地抬起一条腿，用爪子挠了挠嘴巴下面。"对了，如果你们需要走远路，可以试试找鹿帮忙，"它说，"它们跑得快，而且对它们认定的朋友很友好——不过，我也不敢保证它们会不会信任你们。噢噢，不，我根本不敢保证。可是，如果你们对它们有礼貌，尊重它们，或许可以说服它们，至少捎你们一段路。"

"这个主意棒极了！"莫斯说，"你们觉得如何——伯内特、库缪勒斯？天哪！我无论如何也想不到这个主意。"

"我想到了，可你们没问我。"伯内特不以为然地说。库缪勒斯惊讶得眉毛都竖了起来。

"好吧，不管怎样，"莫斯生怕他们俩又吵起来，急忙说道，"这个问题解决了。"然后，他转身问本太太："你能告诉我们哪里能找到它们吗？"

"噢噢，恐怕我一时想不起来。虽然这里的鹿很多，而且它们也到处溜达，但鹿的行踪很诡秘。不过，如果你们明天晚上还在这里，我要是打听到消息就来告诉你们,还是这个时间。另外,你们也可以向这里的其他动物打听一下去富丽溪的路,可千万别向田鼠打听——它们特别迟钝,所以极易被我逮着!"

说完,猫头鹰展翅高飞,冲向了漆黑的夜空,伴随一声"喀——喂喀",还有一声"咕——呼呼"的应答消失在东方。

春天的早晨,太阳升起时,你可曾醒来并来到过户外?那是这样的场景:所有的鸟儿都在放声歌唱,异口同声地欢迎新的一天。没有一只鸟的歌声无足轻重,也没有一只鸟漫不经心,都没有。这就像是一场交响乐,或是大合唱,或是足球进球后观众的欢呼,这可是货真价实的歌唱。鸟儿们火力全开,表现非常出色,它们用尽全力在歌唱:丰满的画眉鸟大声叫喊;小小的鹪鹩[1]发出动人心弦的颤音,听起来惊心

---

[1] 鹪鹩(jiāo liáo)是一种羽毛呈褐色的小型鸣禽,叫声洪亮。

动魄；知更鸟的歌声哀伤而清脆；乌鸫的歌声欢快；林柳莺的歌喉婉转；苍头燕雀的歌声饱满；黑顶林莺的叫声铿锵有力；篱雀的声音沙哑；欧椋鸟吹着挑逗的口哨，还像机器人那样发出"哔哔哔哔"的声响，还有其他各种各样优美的旋律。这就是隐秘族早上醒来时听到的声音。虽然他们在白蜡树路已经习惯了鸟儿黎明的合唱，可现在快到乡下了，鸟儿更多了，还有一些从未见过的鸟，唱着陌生的歌。所有的一切真叫人兴奋，令人睡意全无。

早餐是花粉爆米花和鲜榨蒲公英汁，他们快速吃完饭后打算出去闯一闯，考察一下周围的环境。前一天他们搭帐篷的时候，天已经擦黑，所以谁都没来得及看看他们身处何方。山楂树树篱边有汽车飞驰而过，于是他们朝着另一侧的草丛走去，深深的草丛间还沾着清晨的露水，湿漉漉的。

地面上，纵横交错的微型小路在高高的草茎间蜿蜒。任何人从上方俯瞰都是看不见的，只有像茶隼这样的猛禽可以看得见。这些小路都是田野居民们踩出来的——像田鼠、老鼠、鼩鼱等——不过，你得像隐秘族那么小才可以走。伯内特走在最前面，他挥舞着

"史丹利"，仿佛拿着一把开路的大砍刀，可他十分小心，避免误伤到任何生活在潮湿草丛中的小东西，比如鲜绿色的蜘蛛、盾蝽[1]或鹤蝇[2]。路很难走，有点儿像在丛林中穿行，因为草茎间长满了带小刺的原拉拉藤、开着亮黄色花朵的毛茛、娇嫩的淡紫色剪秋罗，就连草也是多种多样，其中很多都有美妙的名字，像甜蜜的春天、红狐草、羽冠禾草以及约克郡的雾[3]等。

想象一下，假如你是一只栖息在树上的斑尾林鸽，正俯视着下方：道路和田野间隔着一道山楂树树篱，树篱旁逸斜出、断断续续，还有枯枝败叶和各种垃圾散落其间，显然人类没有好好打理，不过这些树还活着，而且长出了新叶。树篱下，三顶蝙蝠皮帐篷看上去就像是干枯的树叶，小小的火堆留下些黑色的余烬。几英尺外，草丛中有条绿色的细纹在轻微移动，不过，这并非微风吹拂的效果——细纹在向田野

---

[1] 盾蝽（chūn）是体形较小的昆虫，俗称放屁虫，受惊扰时会分泌出有臭味的液体。
[2] 鹤蝇，也叫大蚊，有六条又长又细的腿。
[3] 分别指黄花茅、红羊茅、洋狗尾草和绒毛草。

深处延伸。你根本看不见三个隐秘族的小人儿,因为高高的草叶在他们头顶上方合拢着,不过,如果你知道该看哪儿的话,还是可以追踪到他们的移动轨迹,虽然只是个大概。

突然,就在不远处,你看见草丛中的一阵波浪正朝他们的方向起伏移动,这时,你的小鸟心脏害怕得就要跳出羽毛胸膛了,因为你知道那是什么:你曾见过草丛中这样的起伏,你马上意识到——

"蛇!"草丛中一声惊叫,一只斑尾林鸽"咔嗒"一下从树枝上飞走了。伯内特手中高举着"史丹利",阳光在刀刃上反射出一道耀眼的光。

5

一场较量

三人小队偶遇了一个油嘴滑舌的家伙。

路边的绿色田野里,高高的草丛深处,一场较量正在悄悄展开。路上的汽车一辆辆疾驰而过,那些去上学、上班或是购物的人完全看不见这里的较量,即使走得很慢,大部分人类也无法知晓野外生灵的隐秘世界——当然,如果你不相信它的存在,它就更难引起你的注意。

一条橄榄绿色的蛇在草茎间扭来扭去,它突然停了下来,抬起头,用一双美丽而空洞的眼睛注视着面前三个小人儿。

"啊!"伯内特大叫,手持"史丹利"乱挥一阵，"啊啊啊啊！"

莫斯哼唧着，伸手去抓库缪勒斯的手，可没抓着。他恨不得转身就跑，可要是并没有什么危险，却被别人看到自己这么胆怯，那就没脸活下去了。

"伯内特！"库缪勒斯咬着牙说，"你说话！蛇听得懂自然世界的隐语，就像其他动物一样，你明白吗？"

"哦！呃，是啊，当然。"伯内特怯生生地说，"好吧，你……你往后退一点儿，好吗，先生？你瞧见了，我们有武器！"

"哦，实寨抱歉，我真煞到你们了[1]！"一个声音回答。蛇低下它美丽的脑袋，有些忧郁地说："我真不知道，为什么大渣都辣么害怕我。我发誓，我已真好纸个月都没吃不该吃的东湿了[2]。"

听到这里，库缪勒斯上前了一步说："我们很高兴认识你。我叫库缪勒斯，很抱歉我的朋友这样待你，我们就是有点儿受到了'真煞'，仅此而已。

---

[1] 这条蛇说话吐字不清，是个大舌头。"实寨"意为实在，"真煞"意为惊吓。
[2] "大渣"意为大家，"辣么"意为那么，"已真"意为已经，"好纸个月"意为好几个月，"东湿"意为东西（下同）。

哦，我的意思是惊吓。"

"请叫我史文[1]，"蛇嗞嗞地说，"你们二位是……？"

伯内特和莫斯面有愧色，也做了自我介绍。他们活了这么长时间，当然遇到过很多次蛇，但也有很长一段时间没见到蛇了。虽说他们都知道，生活在这里的居民都很腼腆，而且还很温和，但蛇靠近的方式总是会让没有准备的人吓一跳。不过，绝不能凭外表来评判任何人或物，这也是伯内特和莫斯觉得自己羞愧不堪的原因。更麻烦的是，伯内特还穿着一件蛇皮马甲，所以他感到特别难为情。

"我纸天以前刚虫冬眠省来，感觉有点儿饿[2]，"斯文说，"我想你们应该不知道哪里可以找到蛋吃吧？"

莫斯的肚子咕咕叫起来。虽然他们刚吃过早饭，但隐秘族特别喜欢吃蛋，几乎胜过任何其他食物。在原野中，只有春天才能找到蛋。

"恐怕我们帮不了你。不过，我们可以给你吃一

---

[1] "史文"实为斯文。
[2] "纸天"意为几天，"刚虫"意为刚从，"省来"意为醒来（下同）。

个干蚂蚱,如果能帮你解饿的话。"莫斯说。

"好恶心!可怕的东湿!"蛇说,"抱颤!晒晒你的好意,可对于不能咀嚼的我来说,这太难煞咽了[1]。"说完,它张开粉红色的大嘴让他们看,它根本没有臼齿,也没有毒牙,只有一些细小的、向后倒生的小牙,帮它咬住像青蛙那样滑溜溜的东西,免得它们逃跑。

"嗯,好吧,我们真的该走了。"伯内特说。他看了那些牙齿后,还是感觉怪怪的——虽然斯文绝对不会伤害他们。

"好的,你们一定要当身!那边有一条人类的路,他们臭臭的车在上面跑。我是不会靠近那里的,如果我是你们,也不会到那里去——很多动物去了那里就寨也回不来了。如果我是你们,就会待在这片吵虫里。或者,要是你们非得去旅行,可以去那边的树林看看[2]。"它微微抬头,向远处示意了一下,"哦!树林旁边有一条水沟,有时候,里面会有一些

---

[1] "抱颤"意为抱歉(下同),"晒晒"意为谢谢,"煞咽"意为下咽。
[2] "当身"意为当心,"寨"意为再,"吵虫"意为草丛。

青蛙卵。美味值了[1]！"斯文幸福地吐了吐芯子，发出咝咝的声音，"现在，你们肘之前，我能问你们一个问题吗[2]？"

"当然可以！"伯内特说。

斯文冲库缪勒斯点点头说："你，老的那个，你的两只手去哪里了？"

"哦……啊……是啊，事情是这样的……"库缪勒斯开始解释。

"等等，"伯内特打断他说，"两只手，你的意思是两只……都？"

"是啊，对啊，关于这个……"

"给我看看！"

库缪勒斯举起两只手，都不见了。

"这太可怕了！太恐怖了！莫斯，你知道这事吗？"

莫斯低头不语。

"你们到底打算什么时候告诉我？"伯内特生气地问。

---

[1] "值了"意为极了。
[2] "肘"意为走。

就在他们马上要吵起来的时候，奇怪的事情发生了。只见斯文的眼睛变成了混浊的蓝色，身体一动不动。紧接着，它头上的皮肤开始裂开，下面露出了健康的新鳞片。很快，一个崭新的头出现了——潘神在世！——它竟然那么漂亮，它的下巴比以前更白，脑袋后面的花纹也更鲜艳了。

"十分抱颤，稍等一下。"斯文陶醉地闭上眼睛，长长的身体开始在周围的欧芹及其他植物的嫩枝上来回摩擦。渐渐地，一整套旧皮被剥离下来，像袜子一样翻了个面，被丢弃在草丛中。不管会被谁有幸发现，那都是一笔财富。终于，近一米长的身体完完整整地展现了出来，橄榄绿色的鳞片在春日的阳光下熠熠生辉。

"这煞好受多了[1]！"说着，斯文扭动身躯准备离开，"你们知道吗？治打我从冬眠中省来就一直想蜕皮，现寨好了，寨见！愿你们度过愉快的一天[2]！"

斯文走后，三个小人儿坐在一丛车前草下，决定

---

[1] "这煞"意为这下。
[2] "治打"意为自打，"现寨"意为现在，"寨见"意为再见。

把事情讲讲清楚。首先，库缪勒斯认为，一个人的健康状况属于私事，所以伯内特没理由生气；可伯内特却说，莫斯知道了库缪勒斯的消失症状愈发严重，却没有告诉他，所以他感觉自己被孤立了，或者说，自己在别人眼中根本不重要。

"你重要！当然重要！"库缪勒斯说。

"好吧，既然这样，那你就老实告诉我：为什么对莫斯吐露秘密，而不告诉我？"

"老实说吗？好吧，因为我不希望你大惊小怪。说老实话，莫斯是——好吧，莫斯比你善于倾听。"

"什么？你怎么敢这么说?!"伯内特气急败坏地说，"你这么说太伤人了。你真是个讨厌的、卑鄙的小人！"

"你瞧，这正是我担心的——"

"噢，有人在说话吗？"伯内特双手抱在胸前，傲慢地说，"对不起，我可什么也没听见。"

"哦，伯内特，请别这样，"莫斯说，"你们俩都是我的朋友，而且——"

"不，不用这样，我没事，莫斯。你不用自找麻烦给我解释，我真的、完完全全没事。"

当然，伯内特根本不是没事，他是在生闷气：这是一种不用言语表明自己的感受而在吵架时占上风的方式，这种不光明的手法意味着事情根本没讲清楚，而这种情况恰恰常在真心关爱彼此的人之间发生。库缪勒斯和莫斯都不知道该如何是好，伯内特努力控制住自己不发火，因为只有臭名远扬的屎壳郎才大声吵架。

"伯内特，"库缪勒斯说，"如果你希望别人告诉你某件事，那你就要平静地倾听，也就是说，不惊慌失措、不生闷气、不感情用事。你现在的样子正好相反。"

而伯内特感觉自己正在遭受攻击，根本无法理解库缪勒斯话里的事实，他怒气冲冲地跺着脚走开了。

库缪勒斯和莫斯闷闷不乐，他们打算出去勘察一下周围的原野。这片绿树成荫的原野很快就会铺满蓝铃花；斯文说的那条水沟里已经杂草丛生，里面只残

存着一丁点儿水,根本没有蝾螈或是青蛙卵。

"我想那条水沟一定无人管理。"库缪勒斯说,他们徒步迈了过去。

阳光灿烂,晴空万里。四处鸟鸣婉转,仿佛今年新婚的鸟儿们正商量着要在哪棵树上安家,以及有了宝宝之后要去哪里找鲜美多汁的毛毛虫。蓝冠山雀和大山雀在"叽啾!叽啾!"地叫,小树林里,一只叽咋柳莺的叫声清脆:"叽咋!叽咋!叽咋!叽咋!"它刚从非洲远道而来,飞行了六千英里,是这里的第一位夏季访客。冬天,它在温暖的撒哈拉沙漠以南觅食昆虫,到了春天,这里的昆虫比非洲更多,所以它就飞了回来,在这里组建家庭。它希望雌鸟们能快快到来。

所有的一切,仿佛突然间欣欣向荣起来。经过了几个月的漫长冬天,世间万物都从一片寒冷寂静、死气沉沉中醒来,所有的花草树木都焕发出勃勃生机,它们向上伸展枝条,向下深深扎根,将新鲜的嫩叶全都舒展开来。空气中散发着绿色的清香,第一批熊蜂已经从冬眠中苏醒,几个月来第一次有昆虫爬行、振翅于花草之间——这对于所有依赖它们而生存的鸟类及其他动物来说，简直太棒了！也包括隐秘族，他们尽量不去吃蝴蝶和飞蛾（即便它们的幼虫鲜美极了），好在伯内特善于用弹弓，可以将两米之遥的蜻蜓射下来。

库缪勒斯和莫斯在水沟处把一个青蛙皮做的水袋灌满后，就返回了他们的营地。莫斯准备炖个野生胡萝卜汤，里面再下点儿百里香的饺子。他用的是一口铝质大锅——其实他们不知道，这口大锅曾经是个用来放蜡烛的底座。库缪勒斯找个地方休息去了。过了一会儿，伯内特回来了，脸上露出羞愧的神情，他已经不生气了。

"嗨，莫斯，我刚才去探路了。"伯内特说。

"哦，是吗？"莫斯一边说，一边往锅里放了些茴香籽，"你发现什么了？"

"我仔仔细细地查看过，没发现这里有我们族的人——就像本太太说的，一个都没有，空无一人，零人。"

"这太奇怪了，不是吗？至少该有一两个的呀。"

"我去告诉库缪勒斯。不过首先，莫斯……我想对你说声对不起——对你们俩！我是觉得自己有点儿被孤立了，所以很难受。因为这个，我又气鼓鼓的，心里想的都是自己，但其实，身体出问题的人根本不是我——这恰恰就是库缪勒斯一开始选择把他的秘密告诉你而不是我的原因！我很自责。"

莫斯笑了。伯内特勇气可嘉，这一刻，他真让人钦佩，值得被原谅。能把自己从坏情绪中拽出来是一件很难的事情，向别人道歉就更难了。

"你干吗不去和库缪勒斯好好谈谈？"莫斯善意地说，"不用担心，我会让晚餐一直热乎乎的。"

库缪勒斯和伯内特很快就和好了。道歉之后，伯内特问库缪勒斯，消失的情况更加严重后，到底感觉怎么样。

"你确定不疼吗？没有其他问题吗？"

"一点儿都不疼，"库缪勒斯回答，"我感觉身体并无大碍，就是——好吧，我知道我们是隐秘族，可我也不想让自己完全消失不见啊，你懂吗？"

"你不想吗？哦，我想！那样我就可以在暗中活动，监视别人，不过，我得把衣服都脱掉，否则，就剩我的短褶裙和马甲飘浮在空中——那样可真诡异！"

"那些倒没关系，我害怕的是我的朋友们再也见不到我了，"库缪勒斯坦言，"哪怕他们知道我就在那里，可他们不会真的看见我，不是名副其实地看见。那会是……反正，我会感觉自己不存在了，变得无影无踪。"

这种想法发人深省。"好，那我们唯一可做的事情就是尽快赶到富丽溪去，请我们的亲戚帮帮忙。"最务实的伯内特说，"多德尔肯定知道该怎么办——或许，我们族里也有其他人知道。"

当库缪勒斯和伯内特从帐篷里出来时，他们又变成了患难与共的朋友。接着，他们都盘腿坐在火堆边，用榛子壳做的碗品尝着热乎乎、香喷喷的炖菜。他们头顶上方，灰蒙蒙的天空呈现出乳白色，就像牡蛎壳的内壁。西边的太阳越沉越低，直到完全消失在地平线的树林后。渐渐地，天黑了下来。

本太太无声无息地降落在了附近，所有的猫头鹰都是这样悄无声息。它把那对大翅膀整整齐齐地收在身后。

"大家晚上好——噢噢！"它开口说，"我给你们带来了鹿群的消息。它们离这儿不远，而且愿意见见你们。不过，今夜星星升起的时候，它们就要出发了——你们能准备好吗？"

莫斯看看大家，心怦怦直跳，不知道是因为害怕还是激动。

"太好了，这个消息太棒了！"伯内特说，"我们当然能准备好。准备出发！"

"它们会带上我们吗？"库缪勒斯问。他长长的白发在夜晚的微光中闪闪发亮。

"至于这个嘛，我不好说。我设法和其中一头鹿简短地谈了谈，感觉它好像听说过你们一族，而且对你们也很好奇，想见见你们。可是，它们对所有人都很警惕——对我们猫头鹰也一样，所以，和它们交谈并不容易。"

"可以想象。"伯内特说。他对面前这种大型猛禽也会处处提防。

"你们必须穿过这片原野，朝北走。过了小溪，你们就会看到一片树林，那里的野蒜刚刚冒芽，像铺了一层地毯似的——而且气味浓郁，你们不会找不到的。一直往前走，就能看到一片青麦田，然后朝东拐，沿着水沟就到了一个角落，鹿群就在那里集合。你们说话一定要轻，而且要有礼貌，得看起来值得信任才行。"

库缪勒斯站起来，对猫头鹰鞠了一躬。"真不知该怎么感谢你才好，本太太，你帮了我们一个大忙。我们还能再见面吗？"

"也许吧，等你们回来——如果你们回来的话！我会留意你们的。"说完，它张开一双巨大的茶色翅膀飞走了，"祝你们好——噢噢——运！"头顶传来遥远的祝福，此刻，天空呈现出一片金黄。

6

星光之下

无畏的探险家们要说服
温柔的鹿群相信他们。

三个人没用多长时间就做好了出发的准备。伯内特走在前面带路,他们踏着密密的杂草,开始穿越漆黑的原野。

"你怎么知道哪个方向是北?"莫斯轻声问。

"这很简单,"伯内特回答,"早上太阳从哪里升起?"

"我不记得了。"

"啧啧,"伯内特摇摇头,"好吧,那太阳刚才是从哪里沉下去的?"

"哦,是那边!"莫斯用手指了指尚有余晖的地平线。

"好了,我们知道太阳从东边升起,从西边落下,对吗?所以……"

"东、南、西、北……"莫斯嘟囔,"那这边就是北!"

"对了!"伯内特说,"当你知道方法后就简单了。"

他们留心倾听着流水的声音,走上一座古老的木板桥,穿过小溪,然后又靠鼻子闻味儿,找到了生长着野蒜的小树林。穿过树林,就看到了一片青青的麦田,是上一年九月在田垄间播种后长出来的麦苗。他们惊讶地发现,这里居然没有野花,也没有巢鼠[1]生活其间,看上去和以前的麦田大不相同。

当他们到达田野的那个角落时,一颗晚星——就是太阳落山后出现在西方天空的金星——正在夜空中闪闪发亮。他们就在这里等待鹿群出现。这时,一只只蝙蝠忽闪而过,一簇闪烁的小灯也从他们头顶上空慢慢飞过,伴随着轻微的机器轰鸣声。最近几十年

---

[1] 巢鼠又叫燕麦鼠、圃鼠等,体形很小,多栖息于农田、草地及河谷,以作物种子或草籽为食,常常在作物的穗或枝条间攀缘觅食。

中，他们对飞机已经不再陌生，也学会了无视它们的存在。空中，飞机上的人类正吃着塑料托盘里的食物，或是正戴着耳机打瞌睡，要是他们能看见远远的地面上正在发生的事情，那么，他们也许就会意识到，这个世界远不止他们想象的那样！

"呜！真冷！"莫斯浑身颤抖了一下。春天的夜晚其实很温暖，但紧张的神经会让人一惊一乍的。黑暗中，伯内特不耐烦地来回挪步，只有库缪勒斯一动不动地站着。

随后，它们来了，一只只母鹿神奇地从黑暗的阴影中走出，显现在他们面前：这是一群黇鹿[1]，它们又大又黑的眼睛在星光下熠熠发亮，悄无声息地把他们三个团团围住。莫斯、伯内特和库缪勒斯发现那些鹿正抻长脖子，低头俯视着他们，肉乎乎的鼻孔轻轻地向外喷着气，呼出的空气还带着青草、树皮和花朵的芬芳。

伯内特和莫斯向周围的鹿弯腰鞠躬，伯内特一把撸掉莫斯头顶上的半颗橡果壳帽子以示尊敬，而库缪

---

[1] 黇（tiān）鹿，是一种群居动物，一般栖息于林地或开放的草地。

勒斯已经谦卑地跪在了地上,伯内特和莫斯也迅速学他的样子跪了下来。虽然鹿的个头很大,但它们既腼腆又美丽,如此贴近简直让他们受宠若惊。

"是你们找我们帮忙吗?"一个低低的声音问。

"是的,女士。"库缪勒斯点头道。

"你们是……隐秘族?真的吗?"

"是的。你们以前从未碰到过我们族群的人吗?"

母鹿们窃窃私语,交换意见。几十双黑眼睛看向他们三个,眼神中流露出越来越浓厚的兴趣。

"我们只是从古老的传说和故事中了解过一点儿你们族群的事,"母鹿说,"我们知道,你们以前的工作是照管自然世界,每一位都有自己小小的地盘,可后来,人类剥夺了你们的工作,话说这是几百个布谷鸟夏天以前的事了。我们知道的就这么多。"

"我的意思是,我们的确是——隐秘族,"伯内特说,"我们三个都是,你也能看得出来。"

鹿群发出低低的笑声。"是的,现在我们都知道了。请问几位尊姓大名?"

莫斯用胳膊肘使劲捅了一下伯内特的腰,说道:

"我叫莫斯,女士。这位是库缪勒斯,这边这位是我的朋友,他叫伯内特。"

"我叫弗莉特,这些都是我的姐妹、长辈、女儿还有表亲。"

"我们很荣幸与诸位相识。"莫斯说。

"你们有一个人……生病了?"母鹿温柔地问,"是什么病呢?"

"哦,是我。"库缪勒斯凄凄惨惨地说。他站立起来,伸出两只看不见的手,"可刚才我的手一直背在后面,你是怎么发现的?"

"我们鹿是非常善于观察的,这是我们生存的法宝。"弗莉特低下美丽的头,看了看库缪勒斯,然后轻轻吸了一口气。

"这样的消失……不是病。"她说。

"可——那是什么?"伯内特问。

"我只知道这些,你的朋友并不是身体有病了,而是有别的事情发生……非比寻常的事情。你们最好快点儿找到原因——要快!"

三个小人儿看了看彼此,这是库缪勒斯的手消失以来,他们第一次确确实实地感到害怕——也许这样的事会发生在他们每个人身上。

"不过，目前的状况是，"弗莉特继续说，"困扰你们的这个问题不会对鹿群造成威胁，所以我们愿意带你们去偏远的乡下。不过有两个条件：第一，你们必须和我们吃得一样，现在就把你们带的所有曾是活物的荤腥丢掉。我们一直是被捕猎的对象，正因如此，我们没法忍受任何的活物在我们眼前被吃掉。"

片刻犹豫后，三个小人儿都把背包放在地上，打开一一检查。他们拿出了随身携带的所有干蚂蚱、烤土鳖虫，莫斯又从包里抽出三条腌好的刺鱼，这原本是为一顿特殊的晚餐准备的。其中一条腌鱼发臭了，周围的鹿都向后退，莫斯迅速拔了一些宽大的青草叶片，把他们的这堆食物盖好。

"第二，整个旅程中你们不许说话，一个字都不许说，因为狼的耳朵很尖。我们会告诉你们在哪里、在何时可以安全地开口说话。如果你们打破了沉默，我们就要立即分开，剩下的路程只能靠你们自己走。我们听说，你们都挺爱说话，那这个条件你们可以接受吗？"

三个小人儿都坚定地点点头。的确，他们三个在一起的时候,个个都是话匣子,不过,和人类不同的是,他们也知道如何保持安静。另外,钓鱼或是捉蚂蚱的时候,他们也常用手势彼此交流。所以,保持几小时的沉默并不是什么难事。

伯内特举起一只手,"请问,女士……你刚才提到了狼,我觉得,这里已经没有狼了——很久都没有了。"

鹿群中响起一阵嘀嘀咕咕的声音。

"你不是第一个这样说的了,"弗莉特回应道,"然而,一种动物怎么可能突然之间就消失了呢?狼是我们的敌人,的确如此,永远如此;可它们也有活的权利,和我们一样——也和你们一样。它们是完美无缺的大自然的一部分,怎么能说没就没了呢?潘神也不允许这样。"

"那么,或许它们没有灭绝,而是去了什么……别的地方?很遥远的地方?"伯内特猜测道。

"也许吧,但我们不能冒险。就像所有的野生动物都害怕人类一样,我们对于狼的恐惧已经深入骨髓。再说,我们以前认为河里的工程师——也就是河狸,早已离开这里,可另一群鹿却带来消息,说在西边发现了它们；还有，我们很久都没见过隐秘族的人了，可你们就出现了。感谢潘神！谁敢说狼不会是这样呢？"

"无可争辩。"伯内特耸耸肩膀说。

"我们出发前，我可以问个问题吗？"莫斯说。

"可以。"弗莉特喃喃地说。

"路上要走多长时间啊？明天早上就到了吗？"

"不，莫斯。"

"明天中午？"

弗莉特低下头，黑幽幽的眼睛在星光下闪闪发亮。"我们夜晚迁徙，白天休息。如果一切正常的话，你们要和我们一起旅行好几个晚上。"

7

人在旅途

一段遥远的旅程。

多年以后,每当莫斯想要描述他们与黇鹿群的旅行细节,都觉得找不到词语来形容那种新奇感。那是一次让他们感到精疲力竭的旅行,似乎进入了另一个世界,而且仿佛没有终点——或许是被禁止说话太多天的缘故,他们已经放弃了在脑中组织语言,只是像其他野生动物那样,随时间的流动浮浮沉沉。

尽管在以后的几年里,莫斯曾多次讲到这次旅行的经历,他依然没有找到完美的词句来描述那些真实的感受:坐在一头母鹿的后背上,它的棕褐色皮毛又粗又厚，而你要紧紧抓住它肌肉发达的脖子，不管它是稳步向前，还是轻微地左摇右晃，都要紧紧抓牢；你看不见你的同伴，因为他们也各自骑着一头鹿，黑黢黢的夜里谁也看不见谁；当鹿突然停下脚步时，它的耳朵会机警地旋转，这时你能感觉到它跳动着的温热血管；碰到其他鹿群的时候，它们会在幽暗中互相问候，或者小心谨慎地站在远处致意；也有惊魂时刻，当鹿群作为一个整体，在黑暗的林间逃窜，或横穿没有灯光的马路时，只有紧紧抓牢才能保住小命，虽然胳膊会酸痛无比，可那时你唯一的愿望便是不要被甩飞到空中，然后"嘭"的一声落在乱蹄之下。这简直是一场令人疲惫、惊险可怕却又精彩美妙的旅行，令人百感交集。

最难以忍受的是与朋友们的分离，只能希望其他人都平安无事。为了不让自己那么焦虑，莫斯会在脑子里琢磨几句诗，好用在他的年度叙事民谣里。他想象着，如果有一天回到白蜡树路，他就朗诵给那里的朋友们听。当然，一定要加上几节诗句来描写他们的这次历险——别人一定会觉得他们太勇敢了，竟然走了那么远的路！然后，莫斯还想起一些隐秘族的传奇故事和歌谣，是由称得上诗人或知名作家的祖先们创作的，不知是多少个布谷鸟夏天以前的。莫斯的脑子里记着好多首。

清晨，太阳从东方升起，黎明的大合唱一天比一天响亮，这是因为越来越多喜欢温暖天气的鸟都迁徙到了这里。这时候，鹿群会在青青的欧洲蕨或深深的草丛间休息。弗莉特会找到驮着库缪勒斯和伯内特的母鹿，这样他们三个人就可以静静地坐在一起休息。他们用七叶果磨成的粉做油炸馅儿饼，啃食伯内特从树干上抠下来的檐状菌[1]，再喝些露水。有时候，库缪勒斯会独自一人离开片刻，大家都明白，他们的朋友是去查看自己的消失症状是否又加重了。这时，他们会焦急地等待着结果。等库缪勒斯回来后，他们俩就在中间腾出一个舒服的位置，三个人靠在母鹿温暖柔软的侧腹部休息，母鹿们则反刍着它们的食物。有时候，他们还能感觉到母鹿肚子里的小鹿轻轻地动弹着，那些长着大长腿、大耳朵和长睫毛的小家伙正等待着降生。

---

[1] 檐状菌是一种长在树干上的真菌，很坚硬，看起来像个水平的屋檐。

他们经常看见兔子，它们总在清晨或黄昏时分从洞里出来吃草，那时候的草还挂着露珠，最为鲜美湿润。鹿和兔子之间的友谊源远流长，而且鹿对于兔子的表亲——野兔，也是尊敬有加。野兔非常漂亮，长着长长的耳朵，金色的眼睛，四肢像是安了弹簧。它们总是行事诡秘、独来独往。

鹿是夜行动物，而且生性胆小，虽然很多鹿就生活在树林里，出没在农田周围，但它们很少见到人类，而人类也几乎看不到鹿。一旦鹿群发现人类，它们会立刻僵住不动，然后趁人类不注意时悄悄地四散而去。

整个旅行中仅有一次，有人类在一片生机盎然的田野中发现了它们的行踪。那是傍晚时分，莫斯正坐在弗莉特的后背上，他抬头望见一个短发女人，身边还有一只黑白相间的狗，静静地站在树林的边缘。她正把一副黑色的管子似的东西从眼睛处放下来，朝他们微笑——和叫萝的那个小女孩笑得一样。弗莉特警觉地盯着她看了好久，然后整个鹿群掉转方向，隐匿在树林深处。

"莫斯，我感觉你有烦恼。"第二天清晨，弗莉特嘟哝了一句。此时鹿群已经找到一处安全地带,白天可以在这儿休息。

莫斯点点头,库缪勒斯也坐起来听。

"怎么了?"弗莉特温柔地问,"你可以说说看。"

"我在想昨天傍晚我们看见的那个人类,我很想知道,他们都是坏的吗?那些面带微笑、看上去很友善的人也是坏的吗?"

"不是这样。虽然人类经常有意或无意地伤害自然世界——可那只是因为他们还没有意识到我们是他们的兄弟姐妹。你想想看,他们一定非常孤单。"

"孤单?"莫斯问,"他们有那么多同类,怎么可能?"

"弗莉特说得对,"莫斯平静地说,"人类的确很多,而且喜欢群居——就像欧椋鸟,我觉得,或者像蜜蜂。可是,他们走到哪里,哪里的动物就会逃离——鹿群、鸣禽、巢鼠、野兔、河里的鱼,甚至连蝴蝶也要逃走。他们来到哪片原野,那地方立刻就会被搬空。他们从来没有机会碰见其他生灵,和它们说话交朋友,不像我们。除了同类,他们没有任何朋友。"

"那天我们看见的那个人类就有一个动物伙伴——是一条用红绳子拴着的狗。"

"是的,那是宠物——不是野生的,"弗莉特说,"我觉得,一定是人类不想让自己在自然世界太孤单,所以才创造出宠物吧。他们总是被生灵们抛弃——我想那一定很不好受。"

一个温暖的午后,三个隐秘族的小人儿正安静地坐在一片蓝铃花间,旅行的日子仿佛永无止境——并且,他们的蜂蜜蛋糕储备也几乎耗尽——弗莉特吃过草后走过来,低头看着他们。

他们三个已经单独待了好久,鹿群在远远的地方吃草,莫斯和库缪勒斯都没有说话,因为打手势、点头示意已经成了习惯。这习惯威力巨大,甚至连伯内特也一直没打破保持沉默的诺言,大家都很惊讶。

"小个子朋友们,"弗莉特低语,"你们的身体和精神都还好吗?"

他们都点点头,仰头向它微笑。蓝铃花的香气令人陶醉。

"我们黄昏时出发。下一段旅程相当危险——大家都有压力。出发之前,你们好好享受一下吧,好好玩。"

夜幕降临,莫斯、库缪勒斯和伯内特都做好了准备,要和鹿群开启最后一段危险的旅程。和以前一样,弗莉特朝他们轻轻吹了一口气,他们就醒了。三个人揉了揉眼睛,驱赶睡意。弗莉特先弯下前腿,接着弯下后腿,将浅色的肚皮贴到地面。莫斯背上背包,抓住弗莉特肩膀上乱蓬蓬的长毛,从它的侧腹部爬到脖子后面坐好。伯内特和库缪勒斯也吃力地攀爬到各自的母鹿身上。三只母鹿站起身,在暮色中,鹿群静静地聚拢到一起。三位好朋友一直注视着彼此,伯内特虽然表情严肃,但既没有拉长脸闷闷不乐,也没有坐立不安。

鹿群出发了，每一只鹿都踏着自己的节奏，在夜晚的树林间穿行。它们各自挑选路线，也时时关注其他伙伴的动向。鹿群静静地穿过一片幽深的针叶林，踩着棕褐色的枯松针，来到一片田地的外围。有的田里种着大麦，麦苗幼小，月光下像一片草；还有一两块田里散落着一些残余的饲用甜菜，这些都是人类种的，为了让羊等家畜冬天也有的吃。

几小时后，黑夜中微风渐起，在幽暗的原野、树林和农田上空吹拂，采集着早春的花香和晶莹的露珠；微风惊动了围场里的小马驹，它们摇了摇尾巴，跺了跺蹄子；母羊和安睡的小羊羔都抬起头；猫头鹰和蝙蝠飞进了巢；静静地穿行在偏远乡间的鹿群也停下了脚步，伫立在一片牧场的中心。它们的鼻孔一翕一张，嗅着微风的味道。风告诉它们三件事：在黑暗的地平线之下，某个地方正迎来黎明；远处的某个地方有流水；近处，近在咫尺，就是弗莉特所说的可怕的危险之地——一条宽阔的马路，车来车往，散发着柏油、柴油以及死亡的味道。

天开始蒙蒙亮了，鹿群站在公路一侧的护坡上。

莫斯忧郁地望着下方坚硬的路面，路上是人类的滚滚车流，大大小小都闪着灯，前灯是白色，尾灯是红色。路面上那些被压得平平的东西，是其他动物的残骸。莫斯不敢看，这场面太恐怖了，他不敢去想它们是怎么死的。几米之外的伯内特也转过脸去，不敢直视这场屠戮，只有库缪勒斯直勾勾地盯着前方车流滚滚、灯火通明的死亡之路，眼角流出一滴泪，在曙光中闪烁。

接着，一只打头的鹿突然一跃而起，跳下公路的护坡，在车流中找了一个空当，然后连跳三下冲过了马路，消失在对面的灌木丛中。随后，所有的鹿都躁动起来，因为鹿群总是集体行动，当一只鹿过去了，其他鹿就要跟上，不管前方是安全还是危险，只希望这条死亡车流之间的空当能长一些，让大家都安全通过。莫斯感觉到弗莉特的肌肉绷紧，这是给莫斯发出的信号：它随时准备起跳。为了保命，莫斯的手和大腿紧紧抱住弗莉特。弗莉特跳下护坡，冲到柏油路上，身前身后是她的姐妹、长辈和女儿们，它们一起冲啊、冲啊，冲进轰鸣的车流旋涡中。

微风吹动白蜡树的嫩叶,发出悦耳、舒缓的声音。鸟鸣阵阵,时远时近,一个崭新的黎明即将到来。

莫斯双眼紧闭,头晕目眩,这些声音仿佛都在梦中,渐渐地,他意识到,这些声音就在耳边。他们终于成功了吗?这里就是富丽溪了吗?还是天堂?是仍然身处自然世界,还是潘神召唤他们回到了家?

莫斯慢慢坐起来,脑袋里嗡嗡作响。他环顾四周,发现库缪勒斯就坐在附近,身上裹着悬铃木的树叶,脸色苍白。更远处,鹿群站在一片榛树林边,它们正回望着远处的马路,神色紧张,耳朵支棱着,转向前方。

"发生了什么事?我们怎么到这里了?"莫斯问,可库缪勒斯没有回答,"另外……嘿,库缪勒斯,伯内特呢?"

8

失……而复得

有人走失,又在
某处被找到。

没有什么事情比寻找走失的人更糟糕了。无论是在沙滩上寻找走散的兄弟姐妹,还是在学校的集体旅行期间寻找一个走丢的朋友。有的时候,你觉得他们随时都会出现,然后皆大欢喜;可有的时候,你也会觉得,可能再也见不到他们了。这两种感觉同时存在,简直糟糕透了。所以,你不停地四处奔走,想要摆脱这种感觉,你大声呼唤他们的名字,在一个地方反反复复寻找,生怕自己上一次漏掉了什么。你找啊找啊,直到感觉周遭这平常的世界开始变得越来越不真实。

那个春天，就在那个清冷的黎明，在马路外布满石头的荒野中，他们就是这样的感觉。莫斯和库缪勒斯四处奔走，呼唤着朋友的名字，听到呼喊的鸟也来帮忙寻找。鹿群一动不动地在一旁等待，直到最后一批鹿也在远处车流滚滚的马路上出现时，他们仍然一无所获。

最后，弗莉特自愿回到那条死亡之路再看看。"万一……"她说，"万一……"然后便转身离去了。

莫斯和库缪勒斯等待了半小时，那是他们生命中最长的半小时。不过，弗莉特回来时却摇摇头："没有。"它说得很平静，可那大大的、黑黑的眼睛里却涌着泪水。"一点儿踪迹也没有。"

"可这是好事，不是吗？"莫斯说，"我的意思是，至少我们知道他们没有……他们没被……"

"除非……有时候，我们当中有鹿……摔倒了——我的意思是在马路上摔倒了——他们……他们就会停车，然后……然后把它们带走。"它咕咕哝哝地说道。

"你这是什么意思？"莫斯喊道，"谁把它们带走？带到哪里？"

库缪勒斯缓缓地说:"是人类。他们吃鹿肉,就像我们吃小鱼和蚂蚱一样。如果你不小心杀死一条鲈鱼,难道你不会把它带回家煮了吗?"

莫斯感到一阵眩晕和恶心,世界昏暗下来。

谁也没有料到,莫斯经历了轻微的脑震荡。鹿群跳过马路的时候,他趴在弗莉特的后背上,被重重地晃了几下。

"坐下,老东西,"一个声音说,"这就对了,把脑袋夹在两个膝盖之间。"库缪勒斯的声音像是从很远的地方传来的,"你就是被吓到了,眩晕会过去的。"

"可是,库缪勒斯,"莫斯努力挤出几句话,"如果最坏的事情真的发生了……那人类会把伯内特也带走吗?把他也吃了?"

就在这时,身后传来熟悉的声音:"你好——你们好啊!"莫斯头上的橡果壳帽子被一把揪掉了。

"为什么你们看上去都那么忧愁？"伯内特问，他笑着高高举起莫斯的帽子，和以前一样调皮。

莫斯和库缪勒斯心里涌起一阵久违的暖流，终于放心了。

莫斯破涕为笑，他跳起来拥抱伯内特，大喊道："哦！哦！你还活着！伯内特活着！我们都活着！"

"好吧，我们当然都活着，"伯内特回答，"你们到底在担心什么？"

"可你去哪儿了？"

"哦，是这样，我们等了好久才有机会安全过马路，仅此而已。你们那批过去之后，我们本来是盲目地跟在你们后面，可我突然开口说话了——虽然我知道自己不该说话的——我大声喊：'停下！''等等！我们会被撞死的！'然后，我们就等待着死亡车流通过，直到有了一个合适的空当，我们才过了马路。你们也注意到了，这花了不少时间。"

伯内特说话的时候，所有的鹿都围了过来，包括弗莉特的妹妹，也就是伯内特骑的那头鹿。这时，弗莉特低下头，对他们说：

"这么说，你打破了曾对我们发过的誓。"

莫斯的心像一颗石头沉入海底，库缪勒斯也吓了一跳。

"是的，女士，"伯内特说道，"可我不后悔。如果不看也不想就跟着鹿群行动，那太愚蠢了。"

"对我们而言，人多胆壮，聚在一起就是安全。你们隐秘族显然有更加……个性的方法。我承认，这一次你们的方法更宝贵，救了我妹妹的命。不过，打破誓言是件很严重的事，而且你要为你的选择承担后果。我们无法再相信你们的话，所以我们必须要分手了。"

"这不公平！"伯内特叫道。

"是啊，弗莉特——伯内特只是想帮忙。"莫斯可怜兮兮地说。

库缪勒斯上前一步说："夫人，请相信我们。我们真心地道歉，我发誓，我的朋友再也不会说一个字了。"

可一切都太迟了。弗莉特幽黑的眼睛凝视着他们，过了好一会儿，它转身朝树林里走去，其他鹿紧随其后。然后，它们就这样消失了。

三个人默默无语，呆坐了好长时间。他们都累极了。伯内特泪流满面，没人知道该怎么安慰他。

最后，库缪勒斯开口说："你知道吗，伯内特，我要是你，也会这么做的，真的，我也会的。"

"我也是。"莫斯诚恳地说。

"可你们没有，不是吗？"伯内特回答，有点儿气急败坏，"是我，我总是把事情搞砸。"

"你没有把事情搞砸——你救了一只鹿的命！"库缪勒斯说，"当然还有你自己的命。"

"那它们为什么不原谅我？"

"它们没说不原谅你，只不过是我们不能再和它们一起旅行了而已。"

"这不是一回事吗？"

"我可不认为这是一回事，不是的。"库缪勒斯说，"它们并没有生气，而且这也不是惩罚。"

"可是现在我们得自己走了，"伯内特悲伤地说,"我都不知道我们现在在哪里!"

"好在你就是个导航专家,"莫斯说,他用胳膊肘轻轻捅了一下伯内特的腰,"振作起来,我知道你可以把我们带到那里去。"

"你当然可以,"库缪勒斯也说,"事实上,我们应该一起去附近转转,到处看看,好吗?我们去摸一摸周围的情况,走吧,老朋友。"

"可我还是有点儿晕,"莫斯说,"我休息一下,你们不介意吧?你们两个去吧,我就在这里坐着——瞧,就在这丛红花蝇子草底下。"

"那好吧,"库缪勒斯说,"伯内特,咱们走吧,我们去侦察一下。"

"嗨!哎呀!你好!是你吗?不是——或许是的?"一阵急促的叽叽喳喳声传来。

莫斯放慢脚步,抬头看见一只蓝黄相间的小鸟,在一棵梡木的树枝上跳来跳去,树枝上还悬垂着六条黄色的柔荑花序。

"潘神显灵了！哦，天哪！"小鸟说完，倒挂在了树枝上。

"很高兴见到你！"莫斯有些迟疑，"我们见过吗？"

"我叫兹普，"小鸟说，它向后一荡，又站立在树枝上，只睁着一只明亮的眼睛盯着莫斯，"你呢？如果我没猜错的话，你是土地精灵吗？"

"好吧，你也可以这么叫，但我一般不这么说。"莫斯回答。他神色威严地说："我是隐秘族的一员，我的名字叫莫斯，我的朋友叫……"

"莫斯！好吧，我从不……"这只蓝山雀打断他说，"我还以为你是克劳贝里呢，以为他终于回来了！当然，并不是因为你们都长得特别像，而是……"

"没关系的，"莫斯说，"你刚才说，以为我是谁？"

"克劳贝里！你认识吗，克劳贝里？"兹普又头朝下荡了起来，"他跟天堂猎犬走了，不过你不用担心，你和他不一样。"

"是的,我的意思是,我知道。'天堂猎犬'是什么?"

"你知道的,那些特别大的动物。总是来来去去到处旅行,老是嗷嗷地叫。"

"猪?"

"再小点儿。"

"小猪?"

"别犯傻了,是带翅膀的。"

"哦!你的意思是……大雁?"

"就是它们!"

"你刚才说,我的亲戚……你是说,克劳贝里跟它们走了?"

"哦,是的,去国外度假了,我听说是这样。"

"然后呢?"

"然后它们回来了,然后又走了,所以其他人都去找它们了。"

"其他人是谁?"

"就是和你一样的人!"

"你是说多德尔、鲍德莫尼和史尼沃特吗?"

"据我隔了两代的祖辈——它的名字叫蓝扣

子——说，"兹普说，"他们找到了克劳贝里，还用一片橡树叶杀死了一个巨人，哦，希望你听懂了。"

莫斯乱了方寸。"他们用什么杀死了什么？你说的是真的吗？"

"我不知道，我看没什么不可以的。"

"好了，兹普，先把那些事情放在一边。如果你听说了我亲戚的事情，那是不是意味着富丽溪就在附近？"

"什么富丽溪？"

"就是一条小溪，一侧是草地，另一侧有一棵老橡树，橡树里生活着多德尔、鲍德莫尼、史尼沃特还有克劳贝里！你想起来了吗？想起一点点了吗？"

"是啊，离这里不远就有一条小溪，这我知道。不过，我们蓝山雀不太注意有水的地方，不像翠鸟。哦，你没见过这类鸟吧，它们有点儿太……蓝了，我不喜欢。你懂我的意思吗？有点儿招摇。"

"兹普，"莫斯慢慢地、一字一句地问道，"我的亲戚们的家就在附近吗？"

"哦，是的，完全正确。你为什么会搬走呢？在我看来,橡树湾就是一个美丽的地方。

"这么说,你认识他们?"

"我?认识?哦,是的。嗯,当然,不是那种私交。他们很早以前就走了,我认为是在我的几代以前吧。"

"可是——你说过他们回来了!"

"故事里是这么讲的!"蓝山雀兴高采烈地叫道,"只不过,他们又走了。明白了吗?"

就在这时,它跳到一根更高的树枝上,头上的羽毛都竖立起来,像莫霍克人的鸡冠子发型一样。它发出颤鸣的警报声。鸟类是出色的瞭望员,很多小生灵(也包括一些大的)都会留心听它们发出的警报。当有异常情况发生时,每种鸟发出的声音各不相同,小动物们对此了然于心。因此,莫斯一下子就跳进了林下茂密的灌木丛里,心脏怦怦直跳。他不知道那只小鸟到底看见了什么,是一只离开家到处觅食的猫吗?从挨挨挤挤的树叶和杂草中偷看也太危险了,最好还是等等小鸟"解除警报"的叫声吧。

可只有一片寂静。突然……

"莫斯？嘿，莫斯！你在哪儿？"

是伯内特和库缪勒斯来了。莫斯从一丛荨麻下爬出来，浑身都是泥巴和叶子的碎片，身上还爬满了小蜘蛛。幸亏隐秘族的身上有绒毛，能保护他们免受各种叮咬。

"我在这里！"莫斯说，"嗨！"

"哦！你吓了我一跳！你为什么要藏起来？"伯内特问。

"那只叫兹普的蓝山雀发出了警报，我还以为你是一只来咬我屁股的猫呢，要……要不就是一只错把我当成蝾螈的苍鹭。"

"别担心你的屁股或蝾螈了，"伯内特说，他兴奋地原地蹦起来，"库缪勒斯和我有新消息了。"

"哦！我也有！"莫斯说。

"是关于我们的亲戚的！"伯内特继续说。

"我的也是！"

"我们找到了一棵干枯的老橡树，树干上有一扇门，就在一条小溪的拐弯处，那条小溪一定就是富丽溪！我先发现的，对不对，库缪勒斯？"

"对，伯内特，而且——"

莫斯和伯内特同时说出下面的话：

"他们不住在那儿了！"莫斯说。

"我们觉得他们在家！"伯内特说。

第二部

橡 树

9

旅途间歇

富丽溪的变化。

春天明媚的阳光洒在富丽溪上,水面熠熠地闪着光亮。小溪欢快地在水毛茛和黄色鸢尾花之间流淌,发出美妙舒缓的流水声。一只公野鸭游了过来,阳光在它美丽的绿色脑袋上一闪而过,接着,一只天鹅也游了过来,后面跟着几只毛茸茸的灰色小天鹅,它们的脚掌在水下快速拍打,上半身却一动不动地浮在水面上,一派宁静安详的姿态。溪岸上,欧芹和勿忘我正含苞待放,柳条垂在水面上,正好为一对天蓝色的翠鸟提供了栖枝,它们偶尔会在这片宁静的水域里捕鱼。

燕子带着长长的、剪刀似的尾巴在小溪的水面上低低地盘旋，发出"啾啾啾啾"的叫声。它们是从非洲来的客人，正在品尝聚集于水面之上的各种小昆虫。另一处它们喜欢的捕食地点是羊或马这类动物的周围。

富丽溪在这里拐了一个90度的弯，小溪的一侧是乐金牧场，从前那里是牛耕作的土地，后来变成了奶牛的牧场，而现在，那里种植着一片叫作油菜花的植物，含苞欲放的花朵马上就要将整个原野染成明亮的黄色。小溪的另一侧有一棵树干已经中空的老橡树，光秃秃的没有一片叶子，它的树根四周是一片小小的卵石滩。老橡树的树根大都暴露在外，经过流水多年的冲蚀，根系下面早已布满黑黑的空洞。

隐秘族，本身就是古老的一族，他们最爱那些扭曲盘结的古树，这一支也不例外。这三位朋友的乡下亲戚很久以前就把家安在了这里，这块地方多年无人照管，现在反而成了一个可爱的去处——人类注意到了它的独特地貌，所以制定了法律来保护富丽溪这片区域，因此，野生动物们不会被过度地干扰，可以在这里安全地生活。

"就是他们，我肯定！"

"不可能啊！"

"那么，可能是谁呢？一只水貂吗？"

三个隐秘族的小人儿正蹲在一大丛锦葵后面，这些锦葵即将绽放出粉红色的春花。莫斯和伯内特低低的争吵声其实可以传得很远。他们蹑手蹑脚地走近那棵老橡树，瞧瞧里面到底有没有住着他们的亲戚。

"瞧，没有烟从空树干里冒出来——难道他们不生火吗？"莫斯问，"我说过的，他们已经走了。"

莫斯不知道该不该相信兹普说的关于克劳贝里的故事，伯内特似乎是全然不信。莫斯想为那只小鸟的话辩解一番，就这样，他们没接着去找那些亲戚，而是开始了一场冒傻气的游戏——争论"谁对谁错"。

"天气暖和——他们不需要生火，"伯内特生气地低声说，"不管怎样，我们跟你讲过的，这里曾经晾着一条裤子。"

"可现在没有裤子啊，你确定不是想象出来的？"莫斯怒气冲冲地说，"你们说的晾衣绳我都没看见，更别提什么裤子了。事实上，依我看，这里就是'无裤子区'。"

"哦，安静，你们两个！"库缪勒斯打断他们，然后，更加理性地说，"莫斯，之前这里的确有条裤子，所以里面不可能住着水貂。据我所知，水貂不喜欢穿裤子或裙子。既然如此，那就意味着有人住在这里，而且穿裤子——是我们这个尺寸的裤子——你没看见是因为他收回去了。那么，他有可能是我们的一个亲戚，对吗？既然我们都到这儿了，我提议，我们就……去敲门，一切就真相大白了。"

"可要是一只水貂呢？"莫斯反问道，"兹普好像非常、非常确定，多德尔他们几个人都走了——永远离开这里了。"

"肯定、肯定不会是一只水貂，"库缪勒斯说，"如果真是，那我们就说走错了，道个歉，快快地后撤，然后走掉。不过，我还是觉得就是我们的亲戚住在里面——我真是这样想的！"

库缪勒斯举起一只隐形的手准备去敲门，伯内特指了指门旁挂着的一颗金属小球，上面拴着一根红丝带，相当奇怪的是，那是猫脖子上的铃铛。伯内特点点头,库缪勒斯拉了一下红丝带,铃铛发出"丁零"一声。

等了很长时间。莫斯有些紧张,他不知道其他两个人是不是也同样紧张。

终于,里面传来了迟疑的脚步声,慢吞吞的,然后停了下来。

"呃,嗯哼?"

三个小人儿彼此对视,这声音不像是鼬家族特有的鼻音,这个家族包括水貂、黄鼠狼还有白鼬。

"哦喂!"里面的声音说,"是谁啊?我……我是说,我们……嗯……我们有很多人,而且……我们都拿着很尖的棍子!"

"下午好!"库缪勒斯向前走了一步,对着紧闭的门说道。

"棍子!大大的棍子!"里面闷闷的声音回答。

"我叫库缪勒斯,这是——"他打的手势里面的人也看不见,"这是我的朋友伯内特和莫斯。我们正在找多德尔、鲍德莫尼、克劳贝里还有史尼沃特。我想,你是不是碰巧认识住在附近的隐秘族呢?"

门一下子开了,他们面前站着一个陌生的小人儿，手里握着一根耷拉着的稻草秆，穿着一件青蛙皮做的连体衣，青蛙干瘪的脑袋还挂在身后，像个兜帽。他好奇地看着他们。

"隐秘族？隐秘族？！你们不会是——我是——我认为我是——哦！简直太棒了！天哪！进来，进来，快进来！"

三个小人儿相互对视，惊讶得张大了嘴巴——那个人急匆匆地转身进去，他们三个只好跟在后面，伯内特排第一，然后是库缪勒斯，最后是莫斯。

橡树洞里的主室一点儿也不像他们在白蜡树的家。地板上没有铺灯芯草地毯，到处乱糟糟的，地上堆着橡皮圈、羽毛、旧电池、瓶盖，还有几件落满灰尘的神秘装置。在最里面，一个最暗的角落里，挂着一个隧道状的蜘蛛网。"哦，那是赫蒂的住处，"主人指着那个角落说，"它负责把蚊子和叮人的小虫都粘住——它很能干。现在过来坐吧，坐！快跟我说说！"

库缪勒斯开口道："谢谢你！还有，嗯，抱歉，不过——你还没告诉我们你是谁——或者，是什么？"

"哦！真对不起，我叫索雷尔。嗯，别看长相，我其实是我们一族——我的意思是，你们是我们一族——我是说，我们是同类！"

10

一位新朋友

三人变成四人——
伯内特受惊了。

在这样一个明媚的下午,莫斯、库缪勒斯、伯内特和索雷尔一起盘腿坐在泥土地面上,大家都有一肚子的话要说。前门突然敞开,一束春天的阳光照了进来。富丽溪在这里拐了一个弯,在老橡树裸露的树根下形成一湾池塘,水流过卵石潺潺作响,如同奏乐一般。索雷尔中途站起来,拿了一些接骨木花甜酒和美味的山毛榉坚果烤饼过来,这些美味都是为某个特殊的场合预备的。他说:"现在就是特殊的时刻,对吗?一个特别特殊的场合。"大家直点头,嘴里都塞得满满的。

作为总想着把每天的事情编成故事的那个人，莫斯把之前发生的一切向索雷尔娓娓道来——从他们的家被毁的那个清晨，讲到与本太太和斯文的相遇，还讲了库缪勒斯"末端消失"的神秘事件，以及人类女孩萝用自然世界的隐语跟莫斯说话。

"哦，天哪！"听到这里，索雷尔发出一声惊叫，"哎呀！那可是太阳从西边出来了！人类像自然生灵一样说话！真是难以想象！"

接着，莫斯又讲了他们乘着母鹿旅行的事情，讲了恐怖的死亡之路，还有伯内特是怎样差点儿走失的。讲述中莫斯时不时穿插几首押韵的短诗，绘声绘色，活灵活现。无论是讲故事还是朗诵歌谣都能让莫斯自我陶醉：大家认真倾听的样子，脸上赞赏的表情，无不让莫斯内心澎湃，这说明自己是个讲故事的好手。

"最后你们就到了这里！"故事结尾，索雷尔咧嘴笑着说，"不得不说，我太高兴了！虽然听起来有些冒傻气，可我真以为自己是隐秘族剩下的最后一个人了——嗯，至少在这片土地上。"

"我们也是这么想的！"伯内特感叹道，"而且，莫斯还做过一个噩梦，关于我们族群消失的噩梦——这是引发我们探险之旅的缘由，当然，也因为我们失去了家园，还因为库缪勒斯那双透明的手。"

"是——啊，那个……"索雷尔说，他看上去有些局促不安，"或许你该，呃……好吧，问题是，我们刚见面，我不想多嘴，也无意冒犯，可是……"

"怎么了？"库缪勒斯问，他看上去非常紧张，"是不是我的其他部分也消失了？"

"不，不是你，是——嗯……是伯内特。对不起，朋友，也许你应该关注一下，呃……你的脚。"

所有人都看着伯内特——索雷尔说的问题一目了然：伯内特一只长着老茧的脚已经有些透明了，虽然隐隐约约还在，但你可以一眼看穿它。

伯内特害怕得跳了起来。"可鹿说过的——它们说这不传染！到底怎么了？哦，这是怎么了？哦！不，不，不要，回来，我的脚，回来！——现在一点儿也不好玩了！"

"呃，过去发生在我身上时也不好玩呀！"库缪勒斯惊叹道。

"不好玩，过去不好玩，现在也不好玩！"莫斯说，他希望这场争吵到此为止，"哦，可怜的伯内特，你需要我抱抱你吗？"

"鹿说的似乎是对的，"库缪勒斯说，"奇怪的事情正一件接一件地发生，或许这样的事会发生在我们每个人头上，迟早的事。希望多德尔知道该怎么办，他是我们中年龄最大的一个。索雷尔，你有他们四个人的消息吗？"

"恐怕我无能为力。我来到这里的时候他们已经走了——几百个布谷鸟夏天以前，我照看的一条小溪消失了，所以我到处游荡，过了很长时间才找到这棵可爱的老橡树，正好无人居住，我就在这里安了家。我只知道溪流居民们——水田鼠、翠鸟捕鱼之王，还有住在隆隆磨坊的水獭埃迪——告诉我的事情。至于我们一族的人都去哪儿了，我真的是一无所知。像你们一样，我一度也担心，整个自然世界中的隐秘族就剩下我一个，我可真不希望是那样啊！"

库缪勒斯一脸严肃。"我们也是这样想的。我们族群以前是那么庞大——你还记得吗？每条溪流、每道水沟、每片树林都由一两个我们的人照管着；每条乡间小路、每个池塘以及田野的每个角落都是属于我们某个人的领地。从前到处都有我们的人，可自从我们离家以来，你是我们遇到的第一个同类。所以我就想——嗯，是不是其他的人，都像我现在这样，开始慢慢隐形了呢？"

"或许大家都出去度假了呢？"索雷尔抱着一丝希望说，"这也完全有可能。不管怎么样，现在我们有四个人啦！这太棒了，也证明我们都猜错了，所以别担心。你们要搬进来住吗？噢，你们同意吧，我一直以来都太孤单了。赫蒂已经尽力了，可蜘蛛本来就不怎么说话，你们懂的。"

"哦——呃，"库缪勒斯环顾了一下四周，随处散落着成堆的线绳、塑料袋碎片，还有其他零零碎碎的东西，横七竖八，杂乱无章，"哎呀，你瞧，问题是……"

"库缪勒斯的意思是，"莫斯尴尬地说，"呃，我们……当然，你是好意邀请，就是，嗯……"

"你这个地方都被破烂儿填满了！"伯内特脱口而出，"我们不可能住在这里！"

瞬间，一片安静。库缪勒斯试图哼个什么曲子，莫斯也感到十分尴尬，浑身不自在。可是，索雷尔非但没有生气，反而笑了起来，他起身给伯内特的榛果碗里又倒了一些甜酒。

"你说得对，这么多年来我积攒了一些奇奇怪怪的东西，可它们并不是破烂儿——它们都有用，而且我也清楚这里是什么样，每件东西都放在哪里。你瞧，我是个发明家，我发明各种各样的东西！"

屋外暮色降临，大家都感到有些凉意，所以关上了前门，生了火，然后在微弱的光线下快速参观了橡树洞后面的一间独立工作室。这里摆放着索雷尔发明的各种奇特的装置，有些甚至还能动，还有些是从未存在过的东西。有个特别笨重的仪器，是用一些镜子的碎片拼成的，用来观察拐角处（索雷尔说，这个用来刺探敌情特别棒）；还有个像叉子一样的尖齿装置，是用来检测大黄是否成熟的，这样就不用被它的酸涩弄得龇牙咧嘴了；一个甲虫转轮（有点儿像微型的仓鼠转轮），上面还有一个传动轴，可以跟其他装置连接起来，比如一个蜗牛壳瓶塞，或是一个榛子开壳器，只要你能说服甲虫在上面跑足够长的时间（还从未成功过），它就能用来开盖或开壳；甚至还有一艘精巧的圆形小船，上面安装了一架小水车。

总而言之，尽管索雷尔的发明大多都未完成，还有几个设计看起来很愚蠢，可莫斯、伯内特和库缪勒斯还是对这位新朋友的聪明才智仰慕不已。

那个夜晚，吃过晚饭后，他们四个都钻进各自的睡袋，紧挨着火堆睡下了。火快要熄灭时，余烬发出红光，温暖着这间小小的屋子。他们身后，索雷尔的那些"有用之物"在黑暗中影影绰绰。在蜘蛛网结成的隧道口，赫蒂的八条腿和八只眼睛隐约可见。

"好了，"伯内特说，"现在怎么办？我们本想得到乡下亲戚的帮助，可他们似乎都已经搬走了。"

索雷尔由衷地喜欢有朋友做伴，所以不想让他们走。他们三个人要是能在这里多待些时日，意识到富丽溪有多么神奇，或许就想永远留下来了。

"我提议，你们跟我住上一阵，让我们跟溪流居民们聊聊，或许它们中有人知道你们亲戚的下落，又或者，听说过住在上游或下游的其他隐秘族成员。"

"我觉得这主意很棒!"莫斯说。事实上,要是可以的话,他早就想打开行李,整理整理,然后安顿下来了。出门探险是一件令人激动的事,可如果你是一个恋家的人,用不了多长时间,你就又开始想安安稳稳地待在屋里了。

"你真是太好了!只是我们还在寻找答案的路上,而且——"伯内特说。

最后,库缪勒斯总结道:"谢谢你,索雷尔。我们很高兴在这里多住一阵子,这样,我的一把老骨头就可以歇歇了。不过,伯内特说得对,除非我们知道了隐秘族渐渐消失的原因,否则我们是不会在任何地方安顿下来的。"

11

乡间一月

水獭埃迪为隐秘族的
下一段旅程带来了
重要讯息。

莫斯、库缪勒斯和伯内特原本只想在富丽溪的岸边,与索雷尔同住几天,结果却在此地逗留了整整一个月,看着月亮从缺到圆,又从圆到缺。第一夜,天上是新月,过了几夜,细细的蛾眉月渐渐长成了上弦月;后来有一天,接近黄昏时分,天上升起了皎洁的渐盈凸月,过几天又变成了一轮明亮的满月,如同发亮的银盘一样,整夜都发着光;接着,凸月渐渐缩小,变成了下弦月,而后又从一弯残月变成了一条指甲缝,直到最后消失不见。

风和日暖,偶尔降下几场小雨滋润着万物生长。

春天的脚步轻快，催生了愈来愈多鲜绿的叶和灿烂的花，飞来了越来越多的蜜蜂、蝴蝶和小鸟。富丽溪中的水毛茛随绿波荡漾，盛开的小白花仿佛群星闪耀；茂密的绿草丛中，小雏菊和蒲公英竞相开放，旋花像小型的葡萄藤一样缠绕着高高的草茎往上长，张开一个个小喇叭似的粉色和白色的花朵；油菜花为乐金牧场铺上了一层黄色的地毯。每天，越来越多的蝴蝶飞到野花丛中翩翩起舞，也有更多夏季的鸟儿——叽咋柳莺、白喉林莺、黑顶林莺和柳莺——从异国他乡飞来，在这里交配、产卵、生儿育女。布谷鸟随时都会光顾这里，它们高唱着自己两个音节的名字"布谷——布谷"，飞越树林和山谷，向所有大自然中的生灵们宣告：旧的一年已匆匆过去。不久后，雨燕就会像快乐的喷气式战斗机一样飞过头顶，在高空中捉虫子吃。

太阳一天比一天落得迟，而黎明一天比一天来得早。每天早上，他们醒来后都会检查一下自己的四肢，看看有没有进一步消失的症状。但目前来看，这种神秘的状况似乎并没有蔓延或恶化。莫斯窃想，这个症状是不是按照年龄顺序发生的，那样的话，索雷尔就是下一个开始消失的人了。不过，这么严重的事情不容瞎猜。

索雷尔遵守承诺，将他们介绍给了溪流居民：黑水鸡克拉克很年轻，它踩着巨大的黄色脚掌，趾高气扬地踱来踱去；一群小褐鳟鱼，谁也分不清它们谁是谁，所以就统称为戴夫；一只忧虑的水田鼠特别害羞，不愿告诉任何人自己的名字；还有一只名叫细脖子的高大苍鹭，耸着肩弓着背，像踩着高跷一样在芦苇地里踱着方步。这里也有兔子，而且据传言，附近的树林中还有个獾穴。库缪勒斯到处打听，想问问这个区域是否有刺猬，可居民们都说很久没有看见它们的身影了。有时候——也不是那么频繁——水獭家族会游经这里去捕猎，那些"吱吱喳喳"叫唤的幼崽一会儿浮出水面，一会儿像鼠海豚一样跳水嬉戏。在返回位于隆隆磨坊的洞穴途中，它们偶尔也会在橡树湾短暂停留，在这里玩一会儿。大家都喜欢水獭，因为它们既忠诚又亲切，而且还特别具有幽默感，这可是交朋友时大家最看重的品质之一。

溪流居民们非常高兴见到他们三人——因为在橡树湾有个传统，见到隐秘族的人代表着幸运——可没人能告诉他们多德尔一群人去了哪里，也没人知道附近还有没有他们的同类。

一天早上，所有人都去帮助克拉克建造它的第一个巢了，只有莫斯请求留在那棵中空的橡树里面静一静。其实，他是偷偷计划着趁没人的时候好好打扫一下房间。如果你是一个习惯了干净和整洁的人，那生活在乱糟糟的环境里就是一件很痛苦的事——可对于邋遢的人而言，有人"帮忙"把东西收拾起来则很讨厌。不过，用扫帚来个大扫除应该不会伤害任何人，另外，赫蒂的一部分蜘蛛网非常旧了，松松垮垮地耷拉着，也可以清扫掉。

莫斯小心翼翼地把一根斑尾林鸽尾羽上的绒羽剥掉，去掉灰色和白色的斑纹，只留下黑色的尖尖，然后再将羽轴修剪到合适的长度（一般来说，斑尾林鸽的尾羽竖立起来时要比任何一位隐秘族的人都高）。这样，一把完美的除尘扫帚就做好了。不一会儿，这间小小的住所就变得干干净净，挺像样了。

莫斯一边清扫，一边思考着押韵的歌谣，脑子里回忆着一些有趣的语句，还琢磨着怎么样把发生的新鲜事编进去——比如，翠鸟捕鱼之王的惊人之举：它把刺鱼翻个面，就可以连头带尾地囫囵吞下去；还有，四月的阳光洒在富丽溪的水面上，是那样闪闪发光，等等。他已经养成了一种习惯，把每日的生活变成诗歌或故事——即使这些诗歌和故事少有机会能大声朗读出来，因为他害怕别人笑话，害怕别人说他傻，说他矫揉造作。要是有人能站出来替他解释解释，说隐秘族的所有知名作家或民谣歌手都是这样开始创作的，那就好了。

莫斯清扫出一堆灰尘、蜘蛛网和蛀虫的粪便，他把这些东西直接扫进了小溪里，这样流水就可以把它们带走（这些并不算垃圾，因为它们都属于大自然，像干叶子的碎屑等，这些本来就是大自然的一部分）。就在这时，一只水獭出现了。水獭埃迪躺在水中顺流而下，它的两只爪子抱在胸前，看上去悠闲又潇洒——而它带来的消息却将结束隐秘族在溪岸边的旅居。

"喂，莫斯！"它喊了一声，然后在水中一翻身游到了卵石滩，轻快、柔软得像条鳗鱼。它撑出水面，好多小戴夫四散开来，藏到了水毛茛下。它快速抖抖身子，浑身的毛就几乎全干了。它的皮毛设计独特，一甩就干。"你是在做春季大扫除吗？"

"你说得对！"莫斯回答，"其他人都去帮克拉克筑巢了——嗯，除了索雷尔，他一定是去什么地方搞发明了，反正我们是这么想的。"

"我特别希望碰到你们中的一个，"埃迪一边继续说，一边把胡须上沾着的一片银色鲽鱼鳞片清理干净（它刚从一个海钓现场回来），"我带来的消息你也许会感兴趣。不过，我得提醒你，这个消息是普通的'水路八卦'——你知道的，流言从上游到下游传播得有多快。"

"哦，是的。"莫斯说，其实他根本不知道。

"是这样的：一只叫爱斯梅拉达的红嘴鸥从某只寒鸦或其他什么鸟那里听说了这个消息，然后又把这个消息告诉了一窝兔子，其中一只兔子又告诉了野兔哈里斯，然后哈里斯又告诉了一只名叫'第12号'的羊羔，当这只羊羔对着自己在富丽溪里的倒影'咩咩咩'说话的时候，被上游某处的苍鹭细脖子无意中听到了，之后它又告诉了我！你听明白了吗？"

"是的！我的意思是，没有，"莫斯回答，"其实，我没完全听明白，我的意思是，我理解了这个过程，可……可它们到底说了什么？"

埃迪从鼻子里发出笑声，这声音又尖又高，就像在吹口哨："好吧，传闻就是，在自然世界，还有其他隐秘族的人存在——可有多少，我不好说。他们住在两百块田地之外甚至更远的地方，那个地方极其喧闹，和富丽溪完全不同。你也许在那些流传的故事或传说里听到过，那个地方叫作人类巢穴。"

当莫斯把埃迪带来的消息告诉其他人时，他们一个字都不相信——这一点儿也不奇怪，人类巢穴似乎是整个自然世界中最不可能发现隐秘族的地方，况且，欧椋鸟们一直以讲奇闻怪事而闻名（但这些事情也最有趣）。最后，他们给埃迪带了个话，让它再过

– 126 –

来讲一遍，这次不要漏掉任何细节，好心的埃迪答应了。

第二天，埃迪来的时候已是黄昏，鸟儿们合唱着它们的夜曲，虽然不像白天那么响亮，却也颇为动听。四个隐秘族的小人儿坐在卵石滩旁做饭，他们把鲦鱼用萝卜叶子裹起来，然后放在烧热的石头上面烤。

当埃迪游过来的时候，那只灰不溜丢的苍鹭细脖子也踱着方步跟在后面。它弯着脖子弓着背，像一把破破烂烂的旧雨伞。

"晚上好，细脖子。"他们齐声打招呼。莫斯说："请过来吃些小鱼吧，我们有富余的。"

"哦，不用了，谢谢！"细脖子严肃地说，"我一直认为烹饪是在糟蹋小鱼，我喜欢吃新鲜的，你们懂的，就是活的。"

"我可不介意。"埃迪说，它从石头上飞快地拿了一条鲦鱼，灵活地在两只爪子间来回抛，"哎哟！好烫！"

他们大快朵颐，细脖子在浅水处发现了一只倒霉的戴夫，囫囵个儿就把它吞下了肚。天渐渐黑了，鸟都安静下来，一个个归巢睡觉去了，只剩下一只孤独的夜莺还在歌唱：它希望它的表演能吸引一只雌鸟，所以它整夜都唱个不停，直到天亮。

埃迪把它对莫斯说过的事情又讲了一遍，细脖子认真地点了点它长长的喙，表示赞同地说："正如我的水獭朋友说的，事情的经过就是这样。"

"好的，那我们的计划就是去这个人类巢穴寻找我们的同类，看看他们是否也有消失的症状，问问他们是否知道原因，"伯内特继续说，"你说那个地方有多远，细脖子？我想，如果能想到去那里的办法的话，我可以引路，只需要知道一个大概的方向就行。"

"鹿群怎么样？"莫斯问，"也许我们可以给它们捎个信儿，请求它们的原谅。你知道的，我真的很想它们。"

"它们现在一定已经走到很远的地方了。"库缪勒斯说。

"不管你们采取什么样的方式旅行，都会带上我一起吧？对吗？"索雷尔突然插嘴，"说不定，我能帮得上忙。"

他们围坐在小小的火堆旁商量，温暖、摇曳的火光照在他们古老的面庞上，其中的一张脸——那张最老的脸——愁容满面。

"我们先别说那么多，先想想这件事，"库缪勒斯说，"那个地方叫人类巢穴，肯定是有原因的，那里的人类一定比蚂蚁窝中的蚂蚁还多，我不知道这对我们来说是否安全。"

"可如果我们的同类也在那里生活，那就一定是安全的。"索雷尔说。

"况且，不管怎么说，人类真的有那么危险吗？"伯内特问，他在探究真相这件事上可以不顾任何危险。

"你怎么看，莫斯？"埃迪问，"你似乎更恋家，我这么说还请你原谅，不过我觉得这没什么不好。去人类巢穴这件事你怎么看？"

"这——这件事很难，"莫斯吞吞吐吐地说，"我真的很喜欢这里，生活在富丽溪边，而且我喜欢这棵老橡树，尤其是里面都被打扫得干干净净了。不过，我们还是得去找到问题的答案，也得找到我们的其他同类。老实说，我内心有一部分倾向于永远留在这里，可大部分还是觉得我们得继续寻找答案。"

12

奇妙的新发明

一台令人激动的机械装置
帮助四位朋友上路。

"现在,大家听好了,"索雷尔一边说,一边领着大伙儿在一条狭窄的秘密通道里行进。这条秘道隐藏在一片浓密的灌木丛深处。"我不想让你们任何一个人失望,我得说,这个东西还没有完全做好。"

"这个神秘的发明到底是什么?"伯内特紧跟其后,急不可耐地问道,"别以为我们都不知道,你总是一个人偷偷地溜走!"

"我猜一定是和烹饪有关,"莫斯说,他总是感到饿,尽管他们刚刚吃完早饭,"也许是一个特制的铁盒，专门用来烤面包，这样我们的橡果面包片就不会在火上被烤煳啦！"

一只好奇的花色鹡鸰[1]也加入了行进的队伍，它长长的尾巴像个操纵杆一样不停地上下摆动，真是名副其实的"点水雀"。

"不，肯定不是烤面包的装置，"索雷尔回答，"马上就到了，快来！"

"我希望是个能缓解我膝盖酸痛的东西。"库缪勒斯嘟囔道。他的腿现在一瘸一拐的，那天帮克拉克找筑巢材料的时候，他在岸边滑了一跤。他只有一只眼睛，所以有时候很难准确判断距离和斜坡，另外，他看不见自己那双隐形的手，所以需要抓住东西的时候也抓不稳。

"不，不是——哦，嗯，实际上，也算吧！"索雷尔说。他突然停下了脚步，以至于身后发生了一连串小型撞人事件。隐秘族的小人儿们一个撞上一个，胆小的鹡鸰吓得飞走了。

他们来到一小片空地，周围都是高大茂密的草。

---

[1] 鹡鸰（jí líng），羽毛大都为黑白两色，多活动于水域岸边，停息时尾巴上下摆动，又叫"点水雀"。

一个庞然大物矗立在那里,上面盖着一块用超市塑料袋做成的橙色防水苫布,四角用干草压得平平整整。

"好吧,言归正传,"索雷尔紧张兮兮地拿住苫布的一角,稍微夸张地做了一个动作,然后猛地一拽,说道,"请允许我介绍……晴天霹雳!"

索雷尔的惊人发明光彩夺目地展现在大家面前:一只深红色的滚轮靴,上面镶着亮黄色的蕾丝花边,有四个黄色的轮子,两侧还带着黄色的彩带。

大伙儿沉默了好一阵子。索雷尔看看红色的靴子,又看看另外三个人,惴惴不安。问题是,没人知道这是个什么东西,简直一无所知。

"这个……这个很红。"莫斯终于说了一句。

"哦,是啊!特别特别……"库缪勒斯支支吾吾地说。

"以潘神之名,这到底是个什么玩意儿?"伯内特脱口而出。

"这是晴天霹雳!"索雷尔说,"我早就告诉你了呀!这原本是个——嗯,老实说我也不是十分确定,因为这是个'人类制造',不过,有人把它丢了,或是扔了,被我找到了。而现在,重点不在于它以前是什么,而在于现在是什么。"

"那么……它现在是什么呢?"库缪勒斯问。

"这个,朋友们,就是我们可靠的四轮敞篷车,是我们去人类巢穴的交通工具!"

库缪勒斯、莫斯和伯内特满脸疑惑地互相瞅了瞅。这时,索雷尔爬到了靴子里,在里面一阵鼓捣,咕咕哝哝地说:"只需要这里……如果我能这样……我来把这里钩上……那样就……啊啊啊啊呀呀呀呀呀!"

霎时间,毫无预警,滚轮靴冲了出去,飞也似的冲进了灌木丛,速度非常快,然后就消失不见了——索雷尔还在里面。

其他三个人花了好几分钟才找到晴天霹雳。

"你是怎么让它冲出去的?"莫斯问。这时,索雷尔小心地从靴子上方的洞口爬出来,顺着蕾丝花边滑到了地面上。"你一下就冲出去了——照这样的速度，我们马上就可以到达人类巢穴啦！"

"是啊，快说说！"伯内特说，"里面有没有'嗖——砰'烟花弹？哦，我真希望里面有。我喜欢秋天的时候放烟花弹，它们可是人类最棒的发明之一，你不觉得吗？"

"不，里面没有烟花弹——那样太危险了！"索雷尔说，"而且你想想看，那样会吓坏鸟类的。"

"那里面是什么呢？你抓了一帮老鼠在里面转动轮子吗？"

"不，不是老鼠。你们为什么不自己进去瞧瞧呢？"

如此一说，莫斯和伯内特立刻手脚并用，顺着蕾丝花边爬了上去，然后便消失在靴子洞口。库缪勒斯站在旁边的灌木丛里，索雷尔向他解释着这个靴子的工作原理。

"你知道的，我先是有了基本的思路，觉得做这个东西很简单。我攒了一堆棕色的、有弹性的圆环——你在我的工作室里见过对吗？——而且，我曾用它们让东西运动起来，像个弹射器。用力一拉，你知道的，它们就会特别特别……弹，回缩的力特别特别大，所以我就想，或许我可以用它们让轮子转起来。总之，我又做了一些试验，然后构建了一个系统。靴子里装了四个有弹性的圆环，把它们绑在一起增加弹力，然后再和前面的轮轴连接。这样，当你用一根小棍给它们绞上劲儿，然后再松开，轮子就转起来了。"

"那你是从哪里找到这个……带轮子的东西的，不管它叫什么吧？"库缪勒斯问。

"哦，你是说那个四轮车本身？那是我在很多个布谷鸟夏天以前找到的。我一直想找机会用它做些什么！"

"嗯，索雷尔，不得不说，你真是超级聪明。我虽然不明白你是怎么做的，可我认为那真是太棒了！"

"哦！谢谢！"索雷尔脸上泛起了粉红色，"我也犯过不少错误。起初，我把那个……弹力环绑在了后轮上，结果一下子就翻车了。我当时还在里面呢！"

"老天爷！我很高兴你解决了这个问题。跟我说说，驾驶它难吗？"

"有些复杂，"索雷尔承认，"你瞧，每一次的……弹力就只能带你走这么远，所以你要不停地给那些圆环绞上劲儿。我的工作就是要在那个时候探探头，看看晴天霹雳是否在往正确的方向运动，然后适时调整。"

莫斯的橡果壳帽子从滚轮靴里露出来，接着是一张激动的脸。

"哦，索雷尔，你太聪明了！里面很舒服，而且很安全！我们可以坐着它长途旅行，甚至还可以在里面睡觉！虽然有些狭小，可我觉得那样我们会很暖和。唯一需要的就是一个遮住入口的盖子，以防下雨。我肯定我们中间有人可以发明那个东西。"

莫斯从里面爬出来，后面跟着伯内特。

"我觉得太棒了！"伯内特说，"我们一起去开心一下吧！往前走走，穿过乐金牧场，有一条人类铺的平整大道，在那里我们可以加速！"

四个好朋友收拾起橙色的苫布，牵着晴天霹雳的蕾丝花边沿着河岸走着，引来了沿途溪流居民们诧异的目光。库缪勒斯拿着苫布，索雷尔在靴子里面，莫斯和伯内特一人拽着一根蕾丝花边。春天的草丛又浓又密，还长着三叶草和蒲公英，所以他们拉得很费劲，不过，他们最后还是到了那条空荡荡的路。

"大家都进来！"索雷尔叫道。先是伯内特，后面跟着莫斯，然后他又伸出手，把库缪勒斯拉了进来。库缪勒斯实在太老了，有时腰腿不那么灵便。大家都挤进去后，红色的滚轮靴里发出阵阵沉闷的呼叫——"啊哦！""拿开！""让我……""不好意思！"——靴子微微晃动着。

晴天霹雳的每次弹射都引发了一片歇斯底里的尖叫，几次尝试过后，里面终于安静了。他们学会了在每次慢下来时调整方向，很快，滚轮靴还在移动的时候，他们中就会有人在靴子的"炮塔口"冷静地观察，一只胳膊还搭在"炮塔口"一侧，俨然是一位微型坦克里的士兵。

"好吧，你们觉得怎么样？这个装置可以吗？"索雷尔问。靴子脚尖的部分很暗，不过晴天霹雳的后跟部分有阳光照进来，莫斯和伯内特坐在那里。

"嗯，比我们走路快多了，那是肯定的。"库缪勒斯说。

"这简直是完完全全、特别特别、百分之百的成功！"莫斯说，他有点儿兴奋过了头。

"大伙儿加油！"伯内特喊，"时不我待！向人类巢穴进发！"

13

落 水

并不是每个仓促的决定
都有好下场。

富丽溪流过乐金牧场金黄色的田野，溪水在阳光下闪闪发亮，春天的天空湛蓝湛蓝。一只玳瑁色的蛱蝶[1]在溪岸边盛放的紫罗兰花丛中翩翩起舞，到处都是小鸟欢快的歌唱。

溪边的一条小路上，一只带着两根黄色飘带的深红色滚轮靴赫然在目。靴筒里闪过一张小小的脸，又一下缩进去不见了。突然，靴子仿佛着了魔，一下子冲了出去，里面传来一阵胜利的欢呼。靴子往前走了

---

[1] 蛱（jiá）蝶，是一种中小型蝴蝶，翅膀带鲜明斑纹。

一阵后,速度减缓,慢慢停了下来。只听见里面嘀嘀咕咕,过了片刻,它又冲了出去。

"朝那边!"伯内特喊道,他的脑袋不停地从靴筒里冒出来,侦察方向。

"快些,再快些!"索雷尔每次绞动橡皮圈上劲儿的时候,莫斯都在旁边大喊。

"记得我锁好门了吧?"索雷尔嘟嘟哝哝,自言自语。

此时,在靴子脚尖位置的库缪勒斯正在静静地思考,他在想,突然做出的这个决定,到底是勇敢还是鲁莽,这真的很难判断,只有等最后的结果了。有时候,对于一件可怕的事情,你最好快刀斩乱麻,不要担心太多,否则你就永远不会去做;不过,也有些时候,还是制订个计划,提前准备一下比较好——库缪勒斯正想着,或许坐着自制的车子到人类巢穴去,就属于第二种情形。刚想到这儿,高速前进的靴子猛地撞到了一大簇酸模[1]上。一阵剧烈的晃动之后,他们感觉飞行了一小段距离,"扑通"一声,晴天霹雳开

---

[1] 酸模,多年生草本植物,最高可以长到1米多。

始进水，然后下沉，沉到了水底，当然，只可能是富丽溪里。

莫斯迅速浮出水面，狗刨式游到了岸边，然后回过头看：小溪中央，伯内特抓住了沉到水下的晴天霹雳上的一根蕾丝，深吸了一大口气，然后勇敢地再次潜入水下，把库缪勒斯从靴子里拉了出来，带他游到了岸边。可是，索雷尔在哪儿呢？

"喂！嘿！放开！"熟悉的声音传来。从远处游过来的是埃迪，它的头高高地浮出水面，嘴里正是索雷尔。它尖尖的牙齿小心地叼着索雷尔，而索雷尔还在不停地挣扎、抗议。

"我跟你说过什么？"埃迪上了岸，把索雷尔吐在其他人身边，说道。

"你说过，我应该学习游泳，"索雷尔说，"可我也跟你说过，我是绝对不会故意进入富丽溪的。因此，我为什么要学习游泳？"

"因为你住在水边，意外随时可能会发生，"埃迪说，"就像这次，你还算幸运，我正好路过——还好我没有把你当作青蛙一口吞掉！瞧瞧你穿的一身滑稽的青蛙皮。"

"抱歉！评论别人的装束是很不礼貌的！"索雷尔说。他站得笔直，一副尊严不容侵犯的样子，水滴从他的青蛙皮连体衣上滴滴答答地流下来。

埃迪转身看了看其他人。"你们都落水了？大家都没事吧？"

"哦，我们没事，"库缪勒斯说，"我们都会游泳，你瞧，连莫斯都会游泳。我们不会有危险或者被冲到下游去的。"

"老实说，我游泳游得很好，能救起库缪勒斯！"伯内特吹嘘道。

"我绝对没事，"库缪勒斯说，"只要过一会儿，我就可以轻轻松松漂起来。"

"等一下，埃迪，"索雷尔连哄带骗地说，"我想，你是不是能从水里救一下我的——我们的车子——然后再把它拖到橡树湾去？我们会特别特别感激你。"

"尤其是你吗？"埃迪问，"毕竟，是我把你救起来的，不然你就被冲走了。"

"尤其是我！"索雷尔咧嘴笑着说，"谢谢你，埃迪。我刚才还扭来扭去挣扎，对不起。"

第二天清晨六点，欧椋鸟亮闪闪就落在了那棵空心橡树最高处的一根树枝上。富丽溪在这里拐弯，溪水把橡树的根冲刷得裸露在外。亮闪闪眼如其名，它张开嘴巴，发出了你听过的最奇葩的声音：类似小狗玩具发出的"叽叽叽叽""咔嗒咔嗒""嗡嗡嗡嗡"的叫声，类似机器人发出的"哔哔哔哔"声，还有像工地上的快乐建筑工人吹的口哨声。每当它尽情表演的时候，脖子上的羽毛也会一起颤抖，展示出它正在如此卖力地演出。

最后，它发出一声"咯咯咯咯"，然后抖抖浑身的羽毛，伴随着一声类似长号发出的降音，轻快地降落到小溪边。"我料想这下他们应该醒了吧！"说完，它振振翅膀，停在一扇小巧玲珑的门外。果然，门"吱呀"一声开了，索雷尔睡眼惺忪地探出脑袋。

"早上好！头儿，"亮闪闪说，"你说说现在几点了？太阳早就出来了，你知道吗，我得到消息，说让我一早赶来！"

"早上好！亮闪闪，"索雷尔打了个哈欠，"实在太抱歉了——昨天晚上我们睡得太晚了，一直在火边烤衣服，呃……因为，昨天发生了意外落水事件，我们马上就好。"说完，门又关上了。

"看在潘神的分上，这些人哪！"亮闪闪自言自语道。

没过多久，隐秘族都起来了，他们聚到卵石滩上，眯缝着眼睛看着太阳。莫斯很快就做好了一些榛果馅儿饼，配着一小罐蜂蜜，递给大家吃。

"首先，感谢亮闪闪来到这里，"库缪勒斯开口说，"很高兴又见到你了，你总是这么热心帮忙。"

"这没什么，"聪明的欧椋鸟说，它小圆珠般亮晶晶的眼睛盯着馅儿饼，"我能为你们做些什么？"

"事情是这样的，我们想到人类巢穴走一趟——"

"哦，是吗？"

"什么？"

"你们几个，去人类巢穴，没关系，头儿，你继续说。"

"就像我说的，"库缪勒斯继续说，"我们想去人类巢穴。而且，我们有个新发明的装置可以带我们去——一个特别好的东西。不过，我得补充一句，它还有点儿湿。我们今天请你来，是想请你提供一下有关路线的建议。"

"建议，好的，明白。不过，首先，第一件事：我能不能吃一块馅儿饼？"

"哦——当然！"莫斯走上前去，"十分抱歉，我早该请你吃的。真不知道最近我的礼仪都去哪儿了，真是的！要来点儿蜂蜜吗？"

"不，不用，那个会粘住我的嘴巴。现在，我们说到哪儿了？哦，对了，人类巢穴，就在那边，小溪的上游。"亮闪闪平整光亮的头朝那个方向点了点，"对我来说，就是两天的飞行路程，其中包括吃点儿东西、偶尔打个盹儿什么的。一只飞得快的鸟也许只需要一天，如果天气状况好的话——这倒是提醒我了，我们得一起商量商量。首先，你们得翻过一片高沼地[1]，你们懂我的意思吗？那里没什么好看的，就

---

[1] 高沼地，是指地表过湿或有薄层积水，土壤水分几乎达到饱和，生长着喜湿植物的地方。

是一些褐色的山丘,上面盛开着帚石南和荆豆花,还有一些被欧洲蕨包围着的灰色大石头,当然还有羊。你们要特别当心渡鸦——现在那里就有一只!好了,再继续走一会儿,你们就可以看见远处有个像灰色大瘤子一样的地方,要是在晚上,灯亮起来后就是橙色的。当你们再走近些,道路、铁路、房子还有其他类似的东西就会越来越多,可以看见地面上越来越繁忙,其实,不知不觉中你们已经能看到人类巢穴了。哦,我的天!那里太吵了,太热闹了!然后,你们继续往前走,就进入了充满了人类烟火气、嘈杂纷乱、熙熙攘攘的地方。这时,你们得找个地方歇歇脚,比如一棵树,如果有的话,或者竖立着金属东西的房顶。"

伯内特一直在认真地听,当他听到有关天气的事情时,还若有所思地点点头。"你刚才提到的高沼地——那里有没有一条路可以横穿过去?一条平坦的路,没有一大簇一大簇的酸模,也没有其他类似的植物?"

"有的,头儿,"亮闪闪说,"我们鸟类经常靠它的走向来确定位置。那条路很窄,弯弯曲曲的——

上面的死亡车流不是很多,我觉得。"

"那太好了!你认为我们走那条路安全吗?"

亮闪闪有些拿不准。"或许……如果你们晚上走,我想差不多。不过,那就不知道什么时候才能到了。"

索雷尔上前一步说:"啊,你瞧……我们的发明会带我们高速行驶的,只要路面足够光滑。请跟我来看看吧!"

亮闪闪将信将疑。索雷尔带着它走进灌木丛,还湿着的晴天霹雳就藏在那里。库缪勒斯、莫斯和伯内特跟在后面。

索雷尔得意扬扬地扒拉开高高的草,向亮闪闪展示他的发明。那只鸟轻轻吹了一声口哨,然后绕着那个发明转了一圈。当发明者激动地向它解释这个装置是如何驱动的时候,它一边用眼睛仔细地瞧,一边用嘴巴发出一连串轻轻的"咔嗒咔嗒"声。

"这是……"亮闪闪终于开口,"这是个……我的意思是,我要说的是,这可真了不起。我的意思是,这可真是个大东西,只是……"

"什么?"索雷尔问。

"我得跟你说实话,头儿,这东西不管用,而且,我会告诉你我这么说的原因。你瞧,前面一段路大部分都是上坡。"

14

计划有变

亮闪闪的话让索雷尔的计划
破灭了,但下一段旅程
希望尚存。

"一只友好的鸭子?"

"它们……不是最聪明的。"

"乌鸫?"

"不够大。"

"那么……天鹅呢?

"太高傲了——它们永远不会同意的。"

"那么,你呢?你不能带我们飞吗?"伯内特怒气冲冲地质问亮闪闪,"欧椋鸟又友好又聪明,难道不对吗?"

四个隐秘族的小人儿和亮闪闪一起,坐在空心橡树最低的一根光秃秃的弯树枝上。索雷尔看上去垂头丧气，因为晴天霹雳不能带着他们完成下一段的旅行了，这对他来说是个沉重的打击。伯内特却十分兴奋：自从他听说他们的表亲克劳贝里和号称"天堂猎犬"的大雁一起迁徙去了，他就每时每刻梦想着飞上天空。现在，亮闪闪答应为他们找个有翅膀的朋友，带他们至少飞行一段距离。如今只剩下做出最后的决定，看哪一种鸟能为他们提供最佳的飞行搭乘服务。

"老实讲，"亮闪闪回答道，"欧椋鸟友好并且聪明，说得没错，可如果说乌鸦的体形都太小，无法承载你们其中的一个，那么一只欧椋鸟又怎么能做到呢？再说，我们飞行的时候，会适当扇动翅膀，用不了五秒钟你们就会晕了，头儿。"

"亮闪闪，你难道不好奇，我们为什么想去人类巢穴吗？"莫斯问。这时，亮闪闪看见一只鲜绿色的毛毛虫正在旁边的一根树枝上使劲蠕动。

"依我看，那是你们的事，"欧椋鸟回答，"我呢，不太爱管闲事，再说了，自然世界中也没有多少事情能让我吃惊。知道我的座右铭吗？'自己活，也让别人活。'"说完，它身体前倾，张开大嘴，把那只毛毛虫啄了起来,整个儿吞下肚。

"好吧,那秃鹫怎么样?"库缪勒斯建议道,"它们可足够大了。"

"它们不会去人类巢穴的,虽说它们肌肉健壮,可不够勇敢。"

"寒鸦呢?"

"别相信它们,一双古怪的眼睛。"

"北极海鹦呢?"

"你可是越来越离谱了。"

"哦哦,我知道了!一只猫头鹰!"莫斯叫道,"两只猫头鹰!本夫妇!"

"你们几个真的是冒头鹰的朋友吗?"亮闪闪问,"哦,我的天!"

"是猫头鹰,不是冒头鹰。"

"管它是什么呢。它们有些阴森,你懂我的意思吗?更别提,它们还经常呕吐。呃,不要,拜托。"它竖起羽毛,浑身发颤,然后又挺胸站直,抖了抖它的短尾巴。

"你看,亮闪闪,"库缪勒斯打断它,语气诚恳地说,"我们建议的鸟你都不同意,那你觉得谁可以带我们去人类巢穴呢？"

"嗯，这很明显，不是吗？你们需要一名合适的飞行员，一只城里的鸟，并且有些见识——不是那种乡下的鸟，听见'喂呜喂呜'的警报会吓得从天上掉下来的那种，你们懂我的意思了吗？"亮闪闪上下摆动脑袋，发出和警报器一模一样的声音。

"你们需要的，朋友们，是一只鸽子，"它继续说，"不是这边那种又大又肥的鸽子，成天在树上无所事事地咕咕叫。不是它们，是它们的亲戚，相同但又不同。我说的是一种名副其实的家鸽——你也可以叫它们原鸽。"

"哦，不，不是。"伯内特说。亮闪闪现在正激动地在树枝上跳上跳下。

"不是什么？"它问。

"不要一只。"伯内特回答。

"为什么不？"莫斯、库缪勒斯和索雷尔异口同声地问。

"不——我们要四只！"伯内特回答。

亮闪闪的主意的确不错。城里的鸽子是鸟类中最好的飞行员，它们的飞行速度惊人，而且可以上下翻飞，表演各种惊险的空中特技；它们也是了不起的领航员，体内自带指南针，可以飞行极远的距离而不迷路，连人类都没有完全搞明白它们是怎么做到的。而且，它们既勇敢又聪明，能忍受脚上的伤痛，也能忍受人类的垃圾、混乱以及大多数污染物。总而言之，它们简直就是为大城市的生活定制的。正如那只小欧椋鸟说的，它们很有"见识"。

大家达成一致意见后，亮闪闪就飞走了，它要去召集一些志愿者，并且承诺第二天一早就带着它们回来，以做好出发的准备。"肯定会有几只需要往返通勤的——它们不会在乎搭载一个乘客。"它说。

"明天早上？这么快？"莫斯问。库缪勒斯也抬起头，有些担心。

"还记得我说过有关天气的事吗？"亮闪闪答道，"暴风雨马上就要来了，伯内特将为此做证。如果问我的意见，那就是你们要赶在暴风雨之前出发。"

这一天剩下的时间里，四个隐秘族的小人儿开始各自打包行李，做好离开富丽溪的准备。然后，他们去跟翠鸟捕鱼之王道别，翠鸟祝他们一路平安，随后径直向上游飞去，它要找到埃迪，告诉它这个消息。他们挥手跟水下成群结队的小戴夫们告别，它们吹着泡泡，挥了挥鱼鳍；他们又去跟蓝山雀兹普说再见，蓝山雀正抓着榛树的一根小树枝，倒挂着来回荡着秋千，它发出"叽叽"的叫声作答。其他的鸟大部分都太忙了，不能停下来聊天。因为现在正是春天，小溪边的灌木丛里、树林里、矮树丛里到处都有一窝窝张着嘴巴、嗷嗷待哺的幼鸟。还没看到这些幼鸟长出羽毛就要离开富丽溪了，这真令人伤感。

黄昏时分，埃迪和它的女朋友弗莉克逆流而上游了过来。这里的水最深，所以潜在水下的脑袋几乎没有划破水面。它们游上岸，抖抖身子，亮晶晶的水珠四溅开来，然后，它们轻轻吹响口哨，呼唤隐秘族的小人儿们过来。在溪岸边,他们度过了一个美好的夜晚:讲故事、做游戏、吃东西。弗莉克潜到水下抓出一只只河蚌,用自己坚硬的白牙把蚌壳撬开供大家享用。水獭一点儿也不悲伤,它们是非常快乐的动物。它们从来没有去过人类巢穴,也从不向往那里,所以对于那个地方是否存在或是否安全,它们将信将疑。这一对水獭安分守己,从不想入非非,晚间聚会结束后,它们便怀着轻松愉快的心情,溜进水里游走了。

"再见啦!"

第二天早晨,凉意更浓,微风习习。卵石滩上,莫斯、库缪勒斯、伯内特和索雷尔意识到,这是他们最后一次盘腿坐在鹅卵石围成的篝火旁了。篝火上方正熏着八条刺鱼,用榛树的小细枝穿着;灰烬里还烤着四片七叶果做的面包,每片面包都塞在掏空的蚌壳里。

"你们知道吗?自从我记事以来就一直想飞上

天，"伯内特开心地说，"真不知道为什么我以前都没有做这件事。当我听说克劳贝里和'天堂猎犬'的事情时，曾对自己说，'潘神啊！为什么我就没想到呢？'"

"这主意真是不错，"索雷尔说，"亲爱的欧椋鸟太棒了！我都等不及去看看鸟的翅膀是如何工作的了——我跟你们说过没有，我一直想制造一个飞行器？"

"难道你不为晴天霹雳感到难过吗？"莫斯问。

"哦，不，那都过去了。作为一个发明家，最重要的事就是要从发生的一切事情中学习：这不是失败，只是为下一次发明提供的新信息。你不能太在意，否则每一次挫折都会让你放弃。"

"我认为这个看待问题的角度非常好。"库缪勒斯说。

"况且，不管怎样，"索雷尔说，"谁说等我们从人类巢穴回来后，晴天霹雳不能带我们去其他地方探险呢？"

"愿一切顺利。"莫斯轻声说。

库缪勒斯用两只隐形的手抓住莫斯的手，用力地握了握,说:"你紧张吗,莫斯?"

"有点儿,"莫斯回答,"就是……嗯,亮闪闪说——伯内特也认为——接下来的天气很糟糕。一想到暴风雨来时,我们有可能在天上,坐在鸟的后背上,就感觉有点儿害怕。"

其他人也冷静地点点头。的确很可怕,而且,他们旅行的目的地也同样可怕——还没有人提到这一点。莫斯想,或许现在该把所有事情说清楚。谈话的中心一直围绕着飞上天这件事,其实,他们似乎都忘记了为什么要这么做:他们要解开隐秘族的命运之谜,以及库缪勒斯和伯内特的消失症状是否与之相关。莫斯曾经看到库缪勒斯在橡树湾洗澡,所以他知道了索雷尔和伯内特还不知道的事:消失的症状并没有停止,而且,尽管库缪勒斯承诺他会告诉大家发生的一切,可他并没有那么做。他的胳膊和腿现在都是透明的了。

"大家听我说,我认为我们应该说说这件事,就是关于……"莫斯刚开启话题,突然,伴随着一阵呼扇翅膀的巨响,篝火的烟尘陡然飞扬,鸽子们来了。

15

飞行途中

刚开启挣脱地球引力的探险之旅，
暴风雨就接踵而至。

"什么？现在？真的？真的吗，各位？我们就这样……飞了？我的意思是，亮闪闪都没跟着你们，那么你们四位都是谁？坦白地说，事实上，我们从来没有见过——我的意思是，我叫莫斯，嗨，大家好，很高兴见到你们，你们是……嗯，显然你们都是鸽子，不过，不好意思，请你们先说一下各自的尊姓大名好吗？"

莫斯极度紧张。坐在鸟背上飞向天空让他感到非常恐惧，当恐惧被挤碎，就会变成怒气，毕竟怒气更容易被发泄出来——虽然这会让其他人感觉有些不舒服，但好在库缪勒斯和伯内特与莫斯相识了几百年，所以他们对这种情况早已心知肚明了。

"呃——打个招呼吧，朋友们。"伯内特对四只鸽子说，然后他走到莫斯身边，把手搭在莫斯的后背上，试图让他平静下来。

四只鸽子的羽毛各有不同：一只是浅浅的灰色，脖子上的羽毛紫中带绿；一只是暖暖的棕色，尾巴部分是淡黄色；还有一只，翼梢带有漂亮的黑色斜杠；最后一只羽毛是黑色的，翅膀上布满斑点，其中一只眼睛是金色的。

"在你们慷慨无私的帮助下，我们将抵达人类巢穴，对此，我们将永远铭记于心。"伯内特继续说，他想弥补一下刚才莫斯的鲁莽，"欧椋鸟亮闪闪告诉我们，你们是无可匹敌的飞行员，在这片土地上，你们是飞行界最优秀的选手，而且你们具有极高的智慧，属于——"

"潘神哪——这说的都是什么？"一只鸽子从嘴角挤出一句，低声对另一只鸽子说。

"我怎么知道，"另一只回答，"我想，他是打了个招呼，可之后我就有点儿……走神了。他们是精灵吗?"

"古怪的小东西,管他们是什么呢。一个没有脚,一个没有手——你看见了吗?"

就在这时,亮闪闪伴随着一连串"咔嗒咔嗒""哗哗哗哗"的巨响降落了,其中似乎还掺杂着说粗话的声音。

"哦,我这一天!"说完,它收起翅膀,"抱歉我来晚了!昨天晚上我栖息在一个车库里,所以得等人类来开门。我老是忘记他们多晚才睡。好了,很快介绍一下,因为我知道你们鸽子都急着想飞走。这位长头发没有手的是库缪勒斯;莫斯是戴橡果壳帽子的那位;伯内特穿短裙,没有脚;还有索雷尔,穿着青蛙皮连体衣——"它一边介绍一边对着每一位点点头,"鸟这边,带着'飞得更快'斜杠的是拉尼;雷尼是淡黄色和棕色那只;脖子上有艳丽羽毛的是罗恩;还有那边的是罗杰。你们都明白了?好的,那么,再见!"

"等一下!"莫斯叫道。

"哦,那现在该做什么?"那只叫拉尼的鸽子叹了口气说,它用喙快速整理了一下那对美丽的、带斜杠的翅膀。

"问题是——我在想,我们是不是应该有个……飞行计划?并且,我们是不是需要了解一下行程?还有,我们到了目的地之后又该怎么办?"

"知道吗,你说得太对了,头儿!"亮闪闪说道,"说得对,莫斯说得太对了!"它喃喃念叨着,然后,转过身对四只鸽子说:"我的翅膀着急起飞,都忘了我的嘴巴还在这儿。好吧,开个飞行情况介绍会。大家集中一下,集中一下!鸽子们,正如我昨晚所说,这四个人想要搭乘你们的翅膀到人类巢穴去——离中心越近越好。请大家记住,他们从未到过那里,所以你们要想一下让他们在哪里降落比较好。可以选择一个能让他们支起帐篷安全过夜的地方——或许是一个大公园,脏乱差的那种,不要选干净整洁的。到了以后,你们不要加入其他的鸽子去吃撒在地上的面包渣儿,明白我的意思吗?你们知道是谁撒的面包渣儿吧?是人类!和你们四个不一样,这几个人可不愿意被人类看见。你们明白了吗?"

"明白!"罗恩说。

"罗杰,听见没?"拉尼说。

"听见什么?"罗杰问,金色的眼睛瞪得圆圆的。

"说的不就是你嘛。"雷尼生气地低语。

"嗯哼!隐秘族!"亮闪闪继续说,"大家注意了!当你们爬到鸽子的后背上时,要确保自己的背包牢牢固定在自己的肩膀上。然后,要找到一根正羽,双手紧紧抓住羽轴——就是中间硬硬的部分,明白吗?不要一把揪住里面的绒羽——这可是很不礼貌的。千万别抓它们的翅膀,也别尖叫——那样是非常令人讨厌的——特别是在它们斜飞、俯冲、急转弯还有翻滚的时候。遇到危险时,这些动作都可能出现。紧紧靠在内侧,头别向外伸,否则会让它们不稳,而那样,相信我,一定会发生你们不想要的结果。基本上,你们就……就坐着别动,保持清醒,好吗?哦,别忘了享受飞行。你们即将实现自然世界中所有陆地动物的梦想:飞行!"

说到这里,四只鸽子俯下身,这样隐秘族的小人儿就可以爬到它们的后背上去了。莫斯离那只叫罗杰的黑羽毛金眼睛的鸽子最近,虽然触摸一只鸟的羽毛会让莫斯感觉很奇怪,但罗杰似乎一点儿也不介意。

"感觉舒服吗，小朋友？"它体贴地问，"找到可以抓住的硬羽毛了吗？"

"是的，谢谢！"莫斯回答，声音有些颤抖，"要是我有什么地方做得不对，一定要告诉我。"

"哦，我会的，别担心。不过，你不会有事的，我保证。起飞的时候会有一些振动，你的膝盖要夹住。之后，就只有你和我，以及无限自由的天空了。"

"还有其他人！"莫斯说，"别忘了他们，也别把他们落下！"

"不会的，我保证。现在，你准备好了吗？"

莫斯深深吸了一口气，又使劲咽了一下口水。"随时准备着，没问题了。"

"有这种精神就对了。我们起飞！"说完，罗杰展开翅膀，跳了几步，等风起飞。莫斯在后面紧紧闭上眼睛。

在一瞬间，莫斯陷入了一片混乱：鸟的翅膀密集地上下拍打，就像坐过山车一样，他的肚子里翻江倒海，耳畔是呼啸的风。好在接下来，罗杰的翅膀进入了稳定的一升一降模式，飞行平稳。莫斯的好奇心终于战胜了恐惧感，他打算睁开眼睛看一看。

那一刹那的感觉太奇妙了。他们的正下方——远远的地方——是乡间土地上一块块绿色的拼图——田野、树篱和暗绿色的树林,而富丽溪溪面上反射的阳光则成了其中的明亮线条。太阳照在他们的后背上暖暖的,头顶和四周都是广阔无垠的天空。莫斯禁不住笑了起来,并发出一声惊呼:"呜——呼!"

"哇——嘿!"旁边有一声回应,原来是那只叫拉尼的鸽子,它后背上是哈哈大笑的伯内特。

"这是不是太神奇了?"伯内特喊道。

"这可真是太棒了!"莫斯回答,"其他人呢?"

"看你的后面!"

莫斯确认抓牢后,回头张望——后面是雷尼和罗恩,它们的翅膀有节奏地呼扇着,眼睛直视前方,后背上的乘客都开心地笑着——连库缪勒斯都喜形于色。他脑袋上的绿帽子一下子被风吹走了,消失得无影无踪。索雷尔甚至松开了一只手,冲领头的两个人快速地挥了挥。莫斯的心就像载着他们的鸟一样翱翔起来,仅有的一点儿紧张感也烟消云散了。

他们越飞越高,下面的世界越来越小,而且不知怎么的，他们所有的担忧似乎也越变越小——仿佛根本不再重要。翱翔在天空中，远离凡尘的一切时，就像进入了一个崭新的世界。

"哦——可我们还没有跟亮闪闪说再见呢！"过了一会儿，莫斯惊叫道。

"这个你不用担心，"罗杰说，"它说会在某个地方追上我们，你一定会再见到它的！"

莫斯环视四周，努力想从容面对眼前的一切，可还是禁不住发出惊叹："我们可以飞到任何地方去——任何角落！"

"你说得对，小朋友。是不是感觉很美妙？你现在明白了吧？为什么人类总是想模仿我们。人类从一开始就羡慕我们的翅膀。"

"我也是！"伯内特在拉尼的背上喊。

"还有我！"索雷尔的声音也从后面传来，"我一直在研究拉尼是怎么飞行的——比我想象的复杂多了。"

"哦，是啊！这可不是一直呼扇——呼扇——呼扇——呼扇就行了。"拉尼说完，优雅地侧了一下身，倾斜着向前飞去。伯内特发出一声兴奋的尖叫。

莫斯现在习惯了飞行。他们正飞临高沼地的上空，远处，雾蒙蒙的灰褐色和蓝色交接的地方就是地平线。很远、很远的地面上，一条细细的线像蛇一样蜿蜒着，上面还点缀着小小的、亮晶晶的东西：那不是富丽溪，而是一条穿越高沼地的公路，上面散布着汽车。

试想一下：每一辆车里都有人——成年人开着车，也许还有小孩子坐在后座上，他们说话、聊天、听音乐，或者望着窗外。没有一个人会注意到，就在他们的头顶，在高高的天上，四只城里的鸽子，背上正驮着四个隐秘族的小人儿，就要在他们之前早早地到达那个大城市了。这多么不可思议啊！

"你怎么样了？"过了一会儿，罗杰问，莫斯得身体前倾才能听清它的话，否则风就把声音吹跑了，"你想让我表演一些空中特技吗？就像拉尼为索雷尔表演的那样？"

"不用了，谢谢你！"莫斯说，"我虽然喜欢看——可我不喜欢体验！"

"你从一开始就看着特别紧张！"

"我——我不是很想飞，老实说，我不像我的朋友们那么勇敢。"

"哦,我觉得你更勇敢!做自己不害怕的事情很容易。对我来说,勇敢就是虽然害怕,可还是去做了。就是你这样!"

现在,莫斯那张栗色的脸,已经从下巴一直红到了橡果壳帽子那里,他太高兴了!"嗯,太谢谢你了!我现在都不知道我还在担心什么——我简直太傻了。"

"根本不是,"罗杰回应道,"自然世界里的一种元素变成另一种元素——无论是从土里到水里,或是进入空气里——都应该被认真对待。再说了,你对天气的担心可一点儿都没错。瞧那边!"

莫斯凝视着远方。一片巨大的乌云被风卷得高高的,耸立在天边。

"看见了吗?那是风暴云,"罗杰说,"那可不是开玩笑的——那边正狂风大作、寒气逼人,冰雹满天飞,当然还有电闪雷鸣。不过不用担心,我们出发得够早,不会赶上的!"

他们继续向前飞,这时天空中乌云密布,后背没有了被太阳晒得暖暖的感觉。下方,那片开阔的灰褐色高沼地逐渐被一块块绿色的田野代替，接着，树林里、牧场上开始有建筑物散布其间，当莫斯再往下看的时候，发现他们正飞过一片屋顶和道路。

"就是这里吗？这就是人类巢穴吗？"

"哦，哎呀，还不是！"罗杰回答，"那儿比这里要大得多。"

果然，街道和房屋很快又被一片绿色代替，他们又一次飞临乡村上空。这时的飞行高度略微下降，比飞越高沼地的时候更低一些，但仍在最高的树尖之上。他们看见蜿蜒的乡间小路曲曲折折地穿行在灌木和树篱间；他们滑翔着斜飞过银盘一样的湖面；他们飞过一个大型仓库，屋顶是灰色的平顶，外围停放着几百辆货车。乌云聚拢过来，越积越厚，天色渐变，仿佛天空的亮度被某个旋钮调暗了。

终于，他们飞过一条宽阔、繁忙的公路，之后，就是大片大片的建筑物。莫斯突然注意到有东西在移动：一列长长的火车正在和他们同向行驶，灰色的天空下，铁轨隐约泛着亮光。现在，仅有几块公园或运动场的绿地偶尔出现，大部分是蜘蛛网似的街道和一排排的房屋，一直延伸到远处——这比他们见过的任何人类建造的地方都要大得多得多。远处车流的轰鸣响彻云霄，空气中的气味也大有不同。这时，飞行开始变得不那么顺畅了，莫斯得抓得紧紧的。倒不是因为罗杰飞得不稳，而是突然刮来一阵风，把他们吹得东倒西歪。

"这就是人类巢穴！"一个声音喊道。

莫斯伏在罗杰的后背上，他趴得低低的，正向后张望：只见库缪勒斯的白发被风吹得一缕缕向后飞扬，罗恩使劲扇动着的翅膀旁垂着一个空空的袖筒。就在这时，巨大的雨点袭来。

"抓紧！"罗杰大喊，莫斯赶紧将双腿和双手抱得更紧了，"我得提前降落了！"

说完，它突然向左斜飞，陡然向下滑翔而去。其他三只鸽子也紧随其后。街道、房顶、烟囱变得越来越大，雨点密集地砸过来，莫斯浑身都湿透了。

"即将着陆！"罗杰从空中向着地面车流滚滚的街道俯冲。莫斯紧紧闭上了双眼。

"收到！"后面三个声音回答道。

"叫我吗？"罗杰向后瞥了一眼，差点儿失去重心掉下去。

"哦，没关系！"一个微弱的声音回答。

罗杰猛冲进一个黑黑的隧道，又从另一侧飞出，落到路边一棵树最低的枝丫上，树叶之下藏着一个乱糟糟的喜鹊旧巢。它快速振振翅膀，降落其中，几分钟之内，罗恩、拉尼和雷尼都落在了它的旁边。

大雨倾盆而下，周围的车辆、商店、房屋全都浸在了雨中。四个隐秘族小人儿瞪大眼睛，面面相觑。

"这么说，我——我——我们成功了。"莫斯结结巴巴地说。

"我们的确成功了，"伯内特说，"我早就知道我们可以的！"

"愿潘神保佑我们，"库缪勒斯轻声说，他的一头白发已凌乱不堪，"我们终于到达了人类巢穴。"

第三部

荆棘丛

16

庞然大物的腹地

人类巢穴之上,库缪勒斯讲了个神奇的故事。

五月末的一个星期二的下午,大雨滂沱。某个大城市中心的街道旁,一棵高高的大树上有个旧鸟巢,里面坐着四位浑身湿漉漉的小人儿,还有四只疲惫不堪的鸽子。鸽子们飞行了很远的距离,刚刚把四个小人儿从绿荫繁茂的乡间载到了这里。这是一棵法国梧桐树,树干上斑斑驳驳,因为来来往往的车辆排放着尾气,所以树皮一块块地剥落,这是大树应对污染的聪明法子。树叶上也有能捕捉污染物的纤毛,一下雨就会被冲洗得干干净净。总而言之,梧桐树是净化城市空气的能手,还为鸟儿、松鼠还有其他成千上万的生灵提供着栖息之地。

"这里气味不一样。"索雷尔用鼻子嗅了嗅,评论道。和动物们一样,隐秘族的人嗅觉特别灵敏,能比人类闻到更多的气味。

"我刚想说,"伯内特说,"这很奇怪,是不是?或许过一阵子我们就闻不出来了。"

"是的——只需要一两天时间。"库缪勒斯说。

附近的树枝上,鸽子们正抖落身上的雨水,用喙整理着自己的羽毛。它们已经相当适应往来的车辆及噪声了,感觉轻松自在。拉尼的瞬膜(这是鸟类和爬行动物特有的眼睑,从眼角一侧向对向开合)合上了,它想小睡一会儿,这也合情合理:尽管法国梧桐树能为它们遮风挡雨,可雨点仍在不断地砸下来,除了耐心等待,它也没什么可做的事情。

"跟你们说,我还从来没见过这么多死亡车辆,"莫斯忧心忡忡地说,"真庆幸我们在上面,不在下面。"

"至少这些车都开得很慢——不像我们跟鹿群过的那条大马路上的那些车。"伯内特回答。

"在人类巢穴里,人们倾向于一天外出两次——

一次是在太阳升起后的几小时,另一次是在太阳开始落入地平线后的几小时,"罗杰说,"中间那段时间就比较安静,我也不知道其中的原因。"

"也许就像兔子,"莫斯说,"你知道它们一天外出觅食两次吗,日出日落各一次——是因为那时候草上有露珠。也许就是这样的,死亡车辆也是一天吃两次饭。"

"你说得对,有可能就是这样。"伯内特点头说道。

"说到食物,有没有人想吃点儿东西?"莫斯问,"我可饿极了。"

"我也是!"索雷尔突然大声说,"我可以干掉一整个蘑菇。"

"我可以特别特别快地吃掉一颗味美汁多的黑莓。"莫斯说。

"我最饿,"伯内特说,"我可以一口吞下整条戴夫!"

不幸的是,他们所说的这些美味现在一样都没有。莫斯递给大家一些七叶果果皮干,他们一边嚼着,一边晃荡着细细的小腿。他们脚下是川流不息的汽车、公交车、摩托车。再往下看，人行道的几块铺砖上落满了白色的斑斑点点，那些都是栖息在正上方树枝上的鸟掉落的粪便。

没过多久，雨渐渐小了，太阳从云层里露出脸，照得湿漉漉的人行道闪闪发亮，汽车的风挡玻璃上也反射出耀眼的光。拉尼睡醒了，它抖抖身上的羽毛，罗杰则呼扇着翅膀飞到隐秘族这里来聊聊天。

"现在的问题是，"它开腔道，"我们答应过亮闪闪，带你们去公园，那样你们就可以在里面支帐篷了。可是，大家也都知道，天气迫使我们不得不提前降落。我们很乐意让你们再次乘坐，可以飞远一些你们再下来——我知道几处大草坪，雷尼和罗恩也知道一些绿地，不过我在想——下过这么大的雨之后，那些草地一定很湿。你们真的想今天晚上去露营吗？"

"还有什么选择呢？"莫斯问。

"其实，你们知道，这个鸟巢并不是最糟糕的地方。况且，等灯都亮起来以后，这里的景色可是很壮观的。这里就可以作为一个选择。"

四个小伙伴相对而视，虽然他们设想的人类巢穴第一夜并不是这样的，不过，说实话，他们一直乘坐鸽子，屁股都坐青了——尤其是伯内特，他穿的还是短裙——没人愿意继续飞行了。

"我说，我们就待在这里吧。"莫斯说。

"我同意。"索雷尔说。

"我附议。"说完，伯内特挥舞着那把"史丹利"刀，将一些支棱着的树枝尖尖都修掉了，这样，鸟窝就变成了一个还算得上舒服的休息场所。

现在，天色渐暗，人类巢穴被灯光点亮了。汽车的刹车灯和前照灯形成一道道红白色的彩虹，一排排房屋的窗户里闪烁着金色的光芒，一幢幢耸立的高楼上镶嵌着许许多多忽明忽暗的亮块。城市像蜂巢，像蚁丘，也像活的珊瑚礁一般，在他们周围延伸开去，它的内部是如此错综复杂，充满了奇异的景观。

"哇哦！"索雷尔低声说，"我真没想到这里这么美！"

"我也是。"伯内特说。

"我以为这里是个又丑陋又可怕的地方，没有树也没有活物——可根本不是这样啊！"莫斯说，"你觉得怎么样，库缪勒斯？"

"哦，"他们的这位老朋友说，"我早就知道。

要知道，我以前来过这里——那是很多年以前了。"

莫斯和伯内特你看看我，我看看你，都张大了嘴巴。

"怎么会呢？这是不是个历险故事？快跟我们讲讲吧！哦，请给我们讲讲吧！"伯内特说。

"除非，你不愿意说。"莫斯又补充了一句，因为他注意到，这位老朋友的眼睛里充满了忧伤。

"事情是……是这样的，"库缪勒斯吞吞吐吐地开始说，"你们也知道，在跟你们一起住在白蜡树路之前，我在自然世界中漫游了很长时间。"

莫斯和伯内特点点头。他们想起来了，遇到库缪勒斯的那天仿佛就是昨天。他比他们俩都要古老得多，而且，他当时又累又瘦，一言不发。出于礼貌，这位新来的朋友讲述了一些自己的往事，但随着时间的推移，他们在几十年里又一起经历了那么多事，所以库缪勒斯的过往似乎也就不那么重要了——尤其是他自己也从未提及。

"自从我心爱的池塘消失后，我就想去弄明白这个悄然而至的巨变——依我看，这是自打人类第一次出现在自然世界以来发生的最大的变化了。"

"是什么样的变化呢？"莫斯问。

"嗯，很长一段时间以来，人类就和我们一样，以采集野果、打猎、捕鱼为生。之后，他们学会了耕地、种庄稼，然后他们就定居了下来，不再四处游走。慢慢地、渐渐地，他们将自然世界的一些野生动物驯化，比如牛、猪还有羊，为他们所用。"

"还有猫和狗。"伯内特突然插话。

"是的，还有猫和狗。不过，这还不是我所说的巨变。在这段时间里，他们的数量开始增长，但只是缓慢地增长，而且他们的聚集地散布各处，有些小，有些稍大，还没有出现像现在这么大的巢穴。那个时候，我们和他们生活在一起，生活在他们中间，他们也知道我们的存在，只是模模糊糊罢了——就像一个遗忘了一半的故事，或者说，就像从梦里走出来的一个影子。

"然后，大约在两百多个布谷鸟夏天以前，人类世界发生了变化，就像……一次大大的加速。仿佛一夜之间，他们发明出各种各样有趣的、以前从来没有的新奇玩意儿，令人叹为观止！索雷尔，我肯定你还记得这些。然而，有的地方却因此变得烟雾腾腾，许多条河流走向了干涸。

"接着,我还注意到另一件事,颇有些难以描述,就仿佛……仿佛他们忘了自己也是自然世界的一部分,忘了他们也需要蜜蜂、树木等一切,这让我很担心,所以我决意出发,看看到底发生了什么。在我漫游的日子里,我就到了这里,到了人类巢穴。"

"那个时候这里什么样?"莫斯问。

"嗯,当然,那时候这里还没有死亡车辆,当时他们正忙着盖高楼,到处喧嚣嘈杂,空气中弥漫着烟尘、马粪和人类的气味。这个地方那时既绚丽多姿又惊心动魄,令人陶醉沉迷,我都不由自主地爱上了它。

"可是,后来人类又开始扩大他们的巢穴,我看见他们破坏了原有的自然环境——田野、果园、小树林、灌木丛、池塘、荒野、河流,等等,隐秘族长久以来照管的地方全都被他们占领了,和夜莺、睡鼠、蜥蜴一样,我们不得不另寻住处。人类不断涌入这里,为了容纳这些人,这个巢穴就一直不停地扩张着。"

"天哪!"索雷尔说,"你的意思是说,在这些街道和建筑物的下面，深埋着山丘和溪谷吗？"

"还有河流！"库缪勒斯回答道，"人类把这些都埋在了地下，这样它们就不会挡路了，如今，它们见不到太阳，也无人守护。"

"那么……在人类巢穴建造之前就住在这里的隐秘族，后来怎么样了？"莫斯问。

"据我所知，我们一族中的大部分都逃走了。多数人伤心难过，但也有一些人决定开始新的探险，还有一些人想尽可能地留在原地——比如公园里，或是稍大一些的花园里，而整个人类巢穴中，仅剩的一处很特别的地方，也失去了隐秘族的照管，所以我决定留下来，看看我能做些什么。

"我找到了一丛古老的、枯萎的荆棘，是那个地方唯一一处残存。那里曾是一条蜿蜒的小路，道路两侧荫翳蔽日，一直由我们族中一位叫布鲁伊特的人照管着，不过他已经离开人类巢穴了。那片灌木丛里，最早是有一条鹿群的通道，隐隐约约，后来被人类踩踏出一条小路，他们骑着马从那里走过，就那样过了八百个布谷鸟夏天。小路旁长了三株可爱的小山楂树，每到春天，山楂花和欧芹花盛开，会把那儿装点得格外美丽。

"那条小路以前通往一个村子,不过那个村子逐渐扩大了,所以小路两侧的树篱变成了房屋,起初是木头建的,后来变成了砖头盖的。终于有一天,本来相距很远的人类巢穴延伸了过来,吞噬了那个村子,小路上也铺上了鹅卵石,变得和周围成百上千条街道一模一样。

"再后来,有一天,一个人类决定为他的房子造一扇大铁门,这丛稀奇古怪的荆棘挡了路。就这样,在一个秋天的早晨,几斧子下去,荆棘丛被砍光了——仿佛它的存在毫无意义,仿佛冬天饥饿的画眉鸟不需要它鲜红的浆果充饥,春天的蜜蜂也不靠它乳白色花朵里的蜜饱腹似的。"

库缪勒斯的声音哽咽了,他断断续续地说:"当我正在想该怎么办的时候,一堆马粪落了下来,我赶紧躲开。当人类举起斧子,我——我跑过去想制止他。天哪!这一切发生得太快了,我这么做简直毫无用处,又蠢又笨。"

他们静静地坐着,默默不语。

"你就是这样失去了一只眼睛吗?"索雷尔温柔

地问。

"是的，不过我还算幸运：如果斧子碰到了我，那我就死定了。铁器对于我们隐秘族而言可是致命的。当那个人把压在我身上的树枝拖走时，我迅速爬起来跑掉了。我甚至都没有意识到我被落下的树枝砸到了——我想，我是因为太紧张了，心跳得太快了。"

"库缪勒斯，我能问你一个问题吗？"索雷尔吞吞吐吐地说。

"当然，想问什么都可以。"

"你是我们中间年龄最大的，而且你好像懂得也很多，我就想问，你见过潘神吗？"

"哦，没有——很多野外生灵都没有见过他——至少是数百个布谷鸟夏天以来都没见过他了。不过，在秋天的夜里，我们可以在天空中看见他，不是吗？一条带子上有三颗亮星，上面挂着排箫；两只向上伸开的手臂，和我们的一样，还有两只强壮的羊蹄[1]。这些星星提示我们，在寒冷的月份里，当我们冬眠的

---

[1] 在希腊神话中，潘神是十二星座之一摩羯座的原型。

时候，潘神都在守护着我们。"

"是的，可……可你怎么知道潘神真的存在呢？我的意思是说，我们总说诸如'潘神在世'和'潘神保佑'之类的话，或许潘神只是——只是我们自己编的一个故事——一个好故事，并且有用，因为无论真假，故事总是教会我们一些事情，可——"

"我想，这个没人可以确定，"伯内特有些生气地打断他说，"我感觉潘神真的存在——别再说了，我不喜欢这类讨论。"

"为什么？"索雷尔问。

"因为……因为我就是不喜欢。如果潘神不是真的存在，那就意味着我们在自然世界中孤苦伶仃，不受任何人保护，而我——我一点儿也不喜欢这种感觉！"

索雷尔伸出手，紧紧握住伯内特的手。"我明白你的意思了，伯内特，可这种不舒服的感觉正是我们应该要讨论的。"

"你当然可以这么说，索雷尔，因为你不是正在消失的那个，"伯内特回答，声音微微颤抖，"我害怕，所以我现在不想对任何事情感到怀疑或担忧，我希望一切都简简单单、清清楚楚,而且——而且还平平常常。"

库缪勒斯体贴地说:"眼下的情形既不清楚也不简单,伯内特。我也在消失,不否认,我也很害怕。我们没人知道这是怎么了,也没人知道接下来会发生什么——更没人知道潘神是否真的存在,是否守护着我们,可生活中就是有很多事情是无法确定的,所以也没必要假装知道。"

伯内特抽抽鼻子说:"我不知道你也在害怕,库缪勒斯。我以为就只有我害怕呢。"

"哦,亲爱的,我的确想过该不该提这件事,我以为装出若无其事的样子就好了,因为我是最老的——其实我也不想这样。你知道吗,我一直都想要别人的拥抱,可我一直都在压抑这种情感,好让自己显得更勇敢,但这却让你觉得只有你一个人在担心,我真的很抱歉!你一定一直都感到孤独和无助吧!"

伯内特拖着脚步走到库缪勒斯身边,两个好朋友在喜鹊窝里紧紧地拥抱在一起。这样饱含深情的拥抱让两个人都感到安慰和被治愈。他们俩微笑着,闭着眼睛,沉浸在友爱中。莫斯看着他们,心里暖暖的:

拥有这么善良、诚实的朋友多好啊！就算偶尔发点儿小脾气也无碍。

"总之，那件事之后，我不再想去人类巢穴了。"库缪勒斯说。拥抱结束后，他们都找了个舒服的位置坐下。"后来我加入了一群流浪的隐秘族，我们在自然世界中长途跋涉，想找到一处家园。没过多久，我就适应了用一只眼睛看东西——不过你们也知道，我还是不能很好地判断距离远近。最后，我遇到了你们两个。当时，你们正在树篱的一排白蜡树幼苗旁，搅拌着装在核桃壳里的热的黑刺李果酱——"说到这儿，库缪勒斯对莫斯和伯内特笑了笑，"然后，你们就友好地收留了我。"

"天哪！"莫斯说，"想想看，我们以前竟然完全不知道你的经历——也不知道你到过人类巢穴。如今这里有什么不同吗？我想一定有。"

"是啊，如今这里挤满了死亡车辆，当然，"库缪勒斯回答，"这是最大的变化，除此之外，我还不知道其他的事情。"

索雷尔开口了，他有些迟疑地说："我正在想……我的意思是，也许没有别的变化了。如果这里还有隐秘族居住的话,那鸽子会不会知道?这里有很多鸽子,它们又会飞什么的。不过我敢说,我们的到来一定会让他们大吃一惊。"

"我也想过这个问题。"莫斯回答。伯内特也点点头。

"好吧,希望明天我们能得知更多的消息,"库缪勒斯说,"说到这里,我们也该闭上眼睛睡一会儿了,要不我们就没有精神做其他的事情了。"

说完,四个小人儿将蜘蛛丝做的睡袋打开,一个挨着一个铺在喜鹊的旧巢里,然后钻了进去,他们暖暖和和、舒舒服服地蜷缩在里面,闭上眼睛,准备进入梦乡。

不远处,四只忠诚的鸽子栖在树枝上。天鹅绒般的夜空下,是广阔无边的不眠之城,所有生灵共此一隅,星光和灯光交相辉映。

17

外卖食品

四个小人儿交了一个新朋友……
又少了一个老朋友。

清晨，太阳还没有升起，四个隐秘族的小人儿就被城里的鸟叫声吵醒了。知更鸟、乌鸫、鸫鹛、大山雀拉开嗓门，唱着不同的曲调。他们四个在小树枝搭的喜鹊窝里睡得特别香甜，尽管车流的噪声对他们来说还很陌生，但事实上，这种持续的隆隆声似乎有助他们进入梦乡。

"各位早上好！"莫斯说，曚昽的晨光中，他坐起身，伸伸懒腰。透过梧桐树浓密的枝叶，可以看见天空还是如同幽蓝的天鹅绒，而在东方，太阳升起的地方，已经泛起了橘红色，"你们知道吗？我以为在人类巢穴不会有鸟群的黎明大合唱呢！感觉美好的一天开始了，你们觉得呢？"

"是啊，谁说不是呢！"伯内特说，"我听着这里的鸟不如富丽溪的种类多，不过，这里的好像叫声更大。"

"也许是这样，"莫斯回答，"要知道——环境这么吵，它们要盖过这些噪声啊！"

"到了夏天，黎明大合唱就结束了，要等来年再开始，想来真是奇怪，"索雷尔说，"你们知道吗？我活了这么久，从来没有适应这个节奏。"

"不知道秋天到来的时候我们会在哪儿？"莫斯若有所思地问，"仍旧在人类巢穴呢，还是和索雷尔回到了富丽溪？也或者，在某个完全陌生的地方？"

"库缪勒斯，你醒了吗？"伯内特问，"你觉得到了秋天，我们会在哪里呢？"

"我醒着呢，"一个声音从其中一个睡袋深处传来，"我还没起来，是因为——嗯，不妨都告诉你们吧，我也不十分肯定，不过，我觉得我大部分身体都消失了。"

莫斯吸了一口凉气，伸手去摸伯内特的手。

"没关系的,"库缪勒斯继续说,他的声音有些颤抖,"我不疼,而且我还在,差不多还在吧,只不过——嗯,我想,我可能看起来会有些奇怪,你们最好有个心理准备。"

"出来吧,亲爱的朋友!"索雷尔说,他的声音也有些颤抖,"会没事的,我保证。"

"你们都准备好了吗?"

莫斯点点头,心里真的有些害怕。

"我们准备好了。"伯内特说。

从睡袋里先是露出了一缕长长的白发,看上去像是光线造成的错觉,然后,库缪勒斯长长的绿袍子出现了,当然,袖子里没有手伸出来。袍子很长,遮住了他的双脚,所以很难说他的腿还在不在。

莫斯使劲地眨了眨眼,用力捏了捏伯内特的手。他们突然意识到,库缪勒斯的脸是多么宝贵,他们已经开始想念他的脸了。他们还会看到他的脸吗?是不是这样的情况也会发生在他们每个人身上?谁将是下一个?

"我们——我们能拥抱你吗?"莫斯问。

绿袍子的两只袖子抬得高高的。"哦,当然!我太想了。"库缪勒斯哭道。

他们三个都拥抱了库缪勒斯,感觉好多了,因为朋友们都在。他们手牵着手笑起来,伯内特特别害怕,他哭了一会儿,然后用他隐形的脚踢了一下库缪勒斯隐形的腿,库缪勒斯大叫一声"嗷",然后又用他隐形的手指去戳伯内特的肚子,嬉闹过之后,事情似乎也没有那么糟糕。

"你们要一直看着我,越久越好。我还在,对吗?"库缪勒斯说。大家都承诺,会一直、一直看着他的。

鸽子们还在睡觉,能看见树枝上四个圆圆滚滚的轮廓。前一天飞行了那么远的距离,大家都觉得它们应该好好休息休息。隐秘族的小人儿刚吃完早饭,罗杰就睁开了它金色的眼睛,抖动着浑身黑色的羽毛,拉尼也醒了,舒展着它带条纹的翅膀。

"就你们三个?"拉尼问,"那个皱巴巴的人去哪儿了?"它身边另外两只鸽子也马上清醒了。

"我在这儿!"库缪勒斯挥舞着绿袖子里隐形的胳膊说,"十分抱歉,我也没办法。"

"哦,你一点儿也没吓到我们,"罗恩说,"我以为你掉下树了呢！只要你平安无事就好，外貌是你自己的事。我们在人类巢穴里见过的奇怪事多了，一只空袖子不算什么——对吗，雷尼？"

"我猜，你们没给带羽毛的朋友们留些早餐吧？"罗杰看他们都吃完了，说道，"一贯如此！"

"我们去找点儿吃的吧，我饿极了！"拉尼说。

"我们能一起去吗？"索雷尔问。

"最好不要，你们会被人类看见的——嗯，库缪勒斯不会，可其他三个人会，"罗杰答道，"不远处有个小公园，那里有个老太太，每天早晨都会给我们喂食。我们很快就回来！"说完，四只鸽子离开树枝飞走了。

"你们听到了吗？"伯内特问，他扭过头看着大家，"这是第二次有人提到人类会有意地喂鸟，在我们以前住的花园里从没发生过这样的事，是不是，莫斯？"

"是的。不过我想，隔壁的那个小女孩也许喂过。"莫斯经常会想起萝，他很好奇，不知道她当时是想做什么，也不知道她是不是也会对着花园里的鸟或其他动物说话，"她好像特别喜欢野外生灵——你们还记得她吗?"

"有段时间,很多人类把鸟关在笼子里,所以他们必须给它们喂食,"库缪勒斯思忖道,"不过,我记得,他们大多数时候都是把鸟从他们的农场和田地里赶跑,诱捕它们,偷它们的蛋,用火钳砸它们。如果现在有人开始投喂它们了,我觉得这是一件非常好的事情!"

四个小人儿坐在喜鹊窝的边上,双脚垂在半空。这时候,天渐渐亮了,繁忙的城市开始了新的一天。他们落脚的这棵梧桐树就在马路边,公交车、小汽车、出租车、小型摩托车和自行车很快就出现了,在马路上川流不息。这里有一条人行横道,每当发出"哔——"的一声,就是在告诉人们可以安全通过。建筑物的上半部有人类居住,而底层是店铺和商行:有书报亭、酒类专卖店、手机修理店、堆着五颜六色奇珍异果的副食店;有一家小型超市和一家卖打折包的店,店面的卷帘门还没打开;还有一家波兰面包房、一爿咖啡小店、一个锁店和一间挡板还没打开的小酒馆。他们正下方的人行道上,斑斑点点的都是发黑的口香糖,卖口香糖的小亭子就在不远处,那里还卖报纸、杂志和零食。

人类就在自己脚下这么近的地方来来往往，坐在上面的莫斯感觉很奇怪。有些人推着婴儿车，手里牵着穿校服的孩子；很多人手里都拿着一块黑色的小平板，一碰就亮，他们喜欢盯着那个东西看；还有好几个人有狗，可并不都牵着，这可不太好。

"这有些可怕，不是吗？"过了一会儿，莫斯说，"要是有个人抬头看见我们了怎么办？"

"哦，那个不用担心。"一个声音从下方的树枝传来，"他们没什么危险，这些巢穴居民！大部分时间，我都是喜欢做什么就做什么。"

说着，一只松鼠探出脑袋，从伯内特垂下来的两条光光的腿中间露出一张机警、好奇的脸。

"哎呀呀呀！"伯内特尖叫起来，受惊似的猛然缩回鸟窝里。

"这就是为什么我从来不会穿短褶裙。"索雷尔哈哈大笑。

"嘿，小精灵们！"松鼠拖着大尾巴进了鸟窝，朝大家咧嘴笑道，"我叫奇普，很高兴认识你们。"

"抱歉，我们可不是小精灵！"伯内特说。他刚从惊吓中缓过神来，不过还是有些慌张，"人人都知道，小精灵很久很久以前就都变成会唱歌的鸟了。"

"哦，那我对大家失礼了，"奇普一边说，一边漫不经心地梳理着自己漂亮的、毛茸茸的大尾巴，"我还以为你们是呢，你们这么小，一定是飞到这么高的树上的。如果你们不是小精灵，那到底是什么呢——尤其是你们那位半隐半现的人？"

伯内特提高嗓门大声说："我们是隐秘族，我们也不是飞上来的。如果你睁开眼睛看看就知道，我们完全没有翅膀，是一些非常善良的鸽子带我们过来的。"

"哦，鸽子！"奇普说，"我受不了它们，那些贪婪的家伙，总是吃掉人类喂给我的那份食物。"

伯内特正要说些什么反驳，可莫斯的胳膊肘使劲地捅了他一下。

"这么说，你从来没有在这里见过我们族的人？"库缪勒斯问。

"我出生以来没有，啊……确实没有。要知道，和我们的表亲红松鼠比起来，我们在这里的时间并不算长——现在它们很少见了，我真是感到遗憾，真心的。好了，对我来说你们是新来的，这是事实。怎么啦，你们是不是在找什么人？"

就这样，库缪勒斯跟奇普讲了他们要寻求真相的事情，还讲了他们为何担心自己的族群会消失，如何听说了在人类巢穴有更多隐秘族的故事，虽然这看起来好像不太可能。故事讲完了，奇普看上去仿佛没那么开心了。

"需要我四处打听一下吗？我和我的搭档巴德认识这条街的每个生灵。我们认识所有其他的松鼠，这是当然——在这里我们数量众多！——还有长尾鹦鹉，好些只瓢虫，还有几只蝙蝠——你知道的，就是会吱吱叫的那种——还有乌龟特里，它是被人类放到一个大池塘里的，就在几条街之外；还有几只乌鸦，几只丫鼠——抱歉，是家鼠——还有所有的麻雀……巴德以前还认识一只真刺猬，可它——好吧，这个消息得保密，它被压扁了。"

一时间，大家的表情都非常沉痛。从前，他们也有过刺猬朋友，可就像红松鼠的命运一样：再没人见过它们。

"这里最大的危险就是被压扁，"奇普继续说，

"离高楼、马路还有成年人类都远一些，他们几乎看不见你；事实上，他们都太忙了，根本注意不到我们。至于孩子们，我发现他们有的看见我了，还有的……看不见。有一次，我和巴德在一棵白杨树上造窝，旁边是一栋公寓，有个小男孩一直从窗口看我们。我们围着树干互相追逐，就为了让他哈哈大笑。那可真有意思！"

"谢谢你！这些消息让我们安心多了。我们一定会对死亡车辆特别当心的。"库缪勒斯说。

"无论怎样，你们想让我到处问问吗？如果人类巢穴里真的有你们的人，那就肯定有谁知道。我到哪里找你们？你们打算就以这棵树为家吗？"

"嗯，现在还……'悬'而未决，抱歉这里有个双关语。"莫斯说，"等鸽子们回来，我们会让它们带我们下去，然后，我们希望能找个又安全又安静的地方。"

"又安全又安静？安全——又——安静？"奇普说，它突然发出一阵奇怪的笑声，就像一只打喷嚏的鸭子，"天方夜谭，那是不可能的——在人类巢穴里，这两样东西根本不是一回事。如果你们想要安全，那就没有安静。选择一个繁华热闹、灯火通明的地方吧，这是我的建议，而且，还要方便觅食。"

"能觅到什么？"莫斯问，他还是感到饿。

"人类的食物！"奇普说，"别说你们从没尝过？"

"我尝过他们的粥，"索雷尔说，"那是……哦，几百个布谷鸟夏天以前的事了，那简直太难吃了！哪一天，给我来一碗美味的蜗牛粥吧。"

"哦，自遥远的古代以来，他们的烹饪水平提高了不少。"奇普说，"啧啧！你们简直无法想象他们的食物现在有多么甜、多么咸！我的意思是，稍微有点儿脑子的生灵都不会靠吃那些东西活命，可如果你们偶尔吃一点儿，那美味也是无与伦比的。"

莫斯瞅了瞅松鼠那白白胖胖的、毛茸茸的肚子，它很像是每天都在吃人类的食物。

"那我们该去哪里呢，奇普？"

"哦，那简单——他们浪费很多食物，这些巢穴居民！我想，我知道你们要去什么地方了。"

午餐时间，这四个朋友小心翼翼地在公交车站旁的一个小公园里探险。在那里，形形色色的野外生灵熙熙攘攘、生机勃勃。小公园的四周居然有蒲公英开放，蜜蜂"嗡嗡嗡"地飞来造访；短柄野芝麻长得很像带刺的异株荨麻，但并不扎人；还有一种醉鱼草，挂着长长的紫色花穗，那是蝴蝶们的最爱，它是随着人类的迁徙从中国来的。在一片无人打理的地方，杂草丛生，那里是蚂蚱和盾蝽的天下。游乐场旁有供人类休息的长椅，附近有几个垃圾桶，还有当地小孩最熟悉的地方——有趣的攀爬树，你可以借助下层的树枝荡到上面去，高处还有个极佳的位置可以坐。灌木丛中，刚刚长出羽毛的小鸟发出嗷嗷待哺的叫声，人类巢穴上空，雨燕正尖声叫着夏天。

在一根树枝下，莫斯和索雷尔爬进了一个外卖纸盒，大口吃着里面的烟熏烤鸡。那种浓烈的香辣味道完全陌生，可他们俩都特别爱吃。与此同时，伯内特和库缪勒斯也发现了新东西。

"这是食物吗？"伯内特小心地用指尖戳着一根薯条，问道，"这看起来不像是吃的。"

"可闻起来像。"库缪勒斯说。他用隐形的手掰了一块烤得又焦又脆的尖尖，上面还有闪亮的盐粒，"我们试试看吧。哦，我的天哪，哦，亲爱的潘神。伯内特，你一定要尝尝，我觉得这是土豆，可……"

"土豆？没什么新鲜的。"

"真的，你尝尝看。虽然是土豆，可有人给它施了魔法！"

他们俩抱着薯条，开始一人啃一头，这时，四只鸽子呼扇着翅膀飞来了。

"现在我们要走了，既然我们知道你们在哪儿了，如果我们打听到你们族群的消息，就来这里找你们。"罗杰向他们保证。

"就算没打听到消息，我也会经常飞过来看看的，"拉尼善意地说，"万一你们想要被空运出去呢！"

说完，它们飞走了，先是盘旋而上，还在空中翻了一个跟头，然后就消失在了蓝天里。那一瞬间，莫斯的心仿佛和它们一同翱翔，不觉重温起自由飞行的美妙。

吃饱喝足之后，他们慢慢地爬回帐篷里睡了一小觉。帐篷就隐蔽在一丛杜鹃花下。第一次品尝过人类的食物后，他们感觉很撑，需要睡一觉消化一下。小小的帐篷里不时传来打饱嗝儿的声音和粗鲁的消化食物的声音，他们中至少有一位吃掉了一整块烤鸡，正面红耳赤、满脸汗珠地躺着。

当莫斯醒来时已经是黄昏了，在人类巢穴的大多数夏天里，这是一天中最热的时候：因为高楼大厦、柏油路面会将太阳光困住，一天下来就聚集了不少热量。其他小人儿还在酣睡，莫斯的肚子却开始"咕噜噜"地叫了，他觉得不该吵醒其他人，要是自己出去溜达溜达，看看周围哪里还有人类的美味食物，会有危险吗？

"这一路我已经积累了很多经验，"莫斯心想，

"我现在应该可以独自出去勘察勘察环境了。"

一个方向是花坛，里面种满了鲜艳的花，旁边是一个公共汽车站和一条车水马龙的路——莫斯还记得奇普的警告；另一个方向则是一片草地，里面有星星点点的蒲公英和雏菊，再往前是游乐场和长椅，那里就是垃圾桶的所在地。莫斯朝那个方向走去，蹑手蹑脚、屏声敛气，他听见不远处的树枝上传来一只知更鸟轻柔的、银铃般的夜曲。

他们曾那么害怕人类巢穴，现在看来多么傻！他们曾想象这里有多么危险，多么阴暗肮脏，没有鸟语也没有花香——可他们都错了！甚至连人类也没有那么可怕，真的——当你习惯了到处都是他们的身影，而且发现他们对周围的环境是多么漠不关心的时候。莫斯觉得这简直太棒了，真的！人类完全不理会他们的事情，仿佛生灵们精彩绝伦的生活并不存在似的——无论是兽类和鸟类的友谊与战争，无论是它们的饕餮盛宴还是悲惨死亡，还有无处不在的诡异的小爬虫以及隐秘族，他们完全看不见。老实讲，你可以大大方方、昂首阔步地出去溜达，去寻找——

那只猫扑来的一瞬间，莫斯的世界就像灯光突然熄灭了一样,一片黑暗。猫咪用尖利的大白牙叼着莫斯瘫软无力的小身子,跳了几步就离开公园,消失不见了。

18

下定决心

亮闪闪有个计划。

可怕的事情发生时,世界并不会因此而停止一分一秒。悲剧最糟糕的部分,就是一切都会……照旧运行。那些人类,无论老幼,依旧会在小公园里穿行,而一丛杜鹃花下的枯叶中,藏着四顶微型帐篷,距离他们的脚步仅有几米之遥。繁忙的公路上,公共汽车、出租车依然川流不息。夜色越来越暗了。

假如,这一章开头描写的是莫斯怎样很快地被猫放下,或者,他是怎样挣扎着、叫唤着挣脱逃跑的;假如,接下来的故事讲的是其他人醒来后,发现他们亲爱的朋友不见了，感到万分焦急。这时，莫斯终于出现在他们的露营地，或许只是丢了那顶傻乎乎的榛果壳帽子，虽然他浑身发抖，但是毫发无伤。

遗憾的是，这些都没有发生。事情远不是这样的。

索雷尔先醒过来，然后是伯内特，他们坐在两个塑料瓶盖上小声地交谈了几句。还有一个软木塞，被索雷尔劈成了两半，这样他们四个人每人都有了一个小圆凳。库缪勒斯终于也醒了，他大声打着哈欠，坐了过来。

"莫斯还没醒吗？这可很少见。"

"一定是在赖床。"伯内特说。

"一定是因为那块香辣烤鸡！"索雷尔笑道，"我还没见过有人吃那么多。"

他们就这样坐着，聊这聊那，慢慢适应了小公园里的生活。这里的生活和富丽溪溪岸的生活完全不同，跟一个寻常花园里的生活也不一样：人类有的成群结队，有的踽踽独行；有的笑，有的发出像唱歌一样的声音；各种美味的食物散发出香味；车流中混杂着警笛声；汽车闪着大灯呼啸而过；一只狗的吠叫声；人行横道上的"哔哔哔"声；头顶上方的天空中，雨燕愉快的叫声逐渐消失在暮色中。小公园的某个角落里，知更鸟的晚间音乐会也渐渐进入尾声，它该去找个安全的地方过夜了。

"我要去叫醒莫斯，"库缪勒斯站起身说，"你们知道的，有时候他会睡过头。"

停顿片刻。过了一会儿只听见：

"伯内特！索雷尔！哦，快来——你们瞧，帐篷是空的！莫斯不见了！"

伯内特突然意识到，在莫斯身上发生的一切有可能发生在他们每个人身上，所以在黑夜里冲出去找人的话，他们都有走失的风险。在远足探险中，恐慌往往带来最大的危险，如果常识被抛在了脑后，人们就会做出一些反常的举动。因此，尽管他们都很担心莫斯，但三个人还是决定待在莫斯的帐篷里，等到天亮。他们拥抱在一起，痛哭流涕。

"莫斯也许就是出去散步了，然后交了一个新朋友,"索雷尔一度提出这个假设,"你们知道的,有时候就是这样,你们聊天的时候,没注意到时间过得很快……就像你们第一次遇见水獭埃迪那样,还记得吗?"

可是,其他两个人知道,莫斯这两百多年来都没让他们这么担心过,除非,发生了可怕的意外。

"奇普一早就会过来,"伯内特说了不止一遍,"它会有办法找到莫斯的,我肯定。奇普肯定会知道该怎么做。"

不过,松鼠奇普不是第一个出现在四顶小帐篷外的。天刚发鱼肚白,第一只鸟刚试着展开歌喉,他们就听见外面"嗒嗒嗒"的声音,很像有人在快速敲击木头,然后又听见"叮——咚"一声,和按门铃的声音一模一样。

"好了,头儿,你们在哪儿呢?"没错,是欧椋鸟亮闪闪的声音。

三个小人儿从莫斯的帐篷里连滚带爬地跑出来,急急忙忙、争先恐后地向欧椋鸟报告这个消息。

"我们不敢摸黑出去,可老实说,我们都急得发疯了。快告诉我们,亮闪闪,我们该怎么办?"伯内特最后总结道。

亮闪闪看上去很严肃。"这件事很糟糕,非常糟糕,"它摇摇头说,"我希望莫斯还没有窒息。"

"这意味着……你的意思是……?"库缪勒斯欲言又止,他无法说出那个字。

"没必要那样想,"欧椋鸟说,"我们现在要做的事就是去找找。莫斯有可能受伤了,躺在什么地方。我去召集我的队伍;库缪勒斯,你就待在原地,等你们的松鼠朋友;伯内特和索雷尔,你们徒步去找——不过就在公园里,而且你们俩不要分开,明白我的意思吗?"

他们按照计划分头行事。亮闪闪很快就带着七只欧椋鸟回来了,一群鸟绕着公园转圈,小圆珠般亮晶晶的眼睛机警地盯着地面,看有什么不对劲儿的地方。伯内特和索雷尔在地面搜索,翻看地下的枯树叶、薯片包装袋等,一边走一边还大声喊:"莫斯!莫斯?"奇普把它的伙伴巴德也带来了,它们两个彻底搜查了所有可以攀爬的地方,粗鲁地把鸟赶出它们的鸟窝,翻找着有没有受伤的隐秘族小人儿,还钻进臭臭的垃圾桶查看,甚至爬到附近建筑物的排水管和房顶上去查看了一番。

库缪勒斯一开始并不愿意待在帐篷边等待,可当越来越多的公园居民听说了这个消息,它们都赶来询问是否需要帮助——当然,毫无疑问,它们也想瞧瞧真的、活的隐秘族的小人儿是什么样,因为消息虽然都传开了,可还没人见过他们。那一天,居住在城里的野外生灵中还流传着这样一个错误的说法,那就是:隐秘族的人或多或少都有些隐形。对很多公园居民来说,库缪勒斯是它们见过的第一个,也是唯一一个实例。

库缪勒斯指挥了整个搜寻活动,并且证明了自己非常擅长这件事。那个下午,整个公园一片嘈杂,鸟在树枝间飞来飞去,松鼠在草坪上跑来跑去,可能一个不善观察的孩子在放学路上也不会发现有什么异常。当然,留心的孩子就会发现,这些小动物们并不是随意乱窜,它们都有自己的目的和意图。而且,谁知道呢,要是他们安静地坐下来观察,没准儿还可以看见隐秘族的小人儿呢。

黄昏时,整个公园已经被翻了个遍,周围的人行道和建筑物也都搜查过了,没有莫斯的踪影。他们几个在杜鹃花丛下集合，讨论下一步该怎么办。

库缪勒斯、伯内特和索雷尔已经精疲力竭，而且又是担忧又是伤心。他们不想停止搜索，可在这一刻，他们都感觉自己该休息休息了。没人愿意设想接下来的几小时会怎么样，而以后没有这位朋友的日子，他们想都不敢想。

"还没结束，"亮闪闪说，"我们还没问过狐狸，天黑以后它们就会出现。莫斯是天黑后走失的对吗？按道理，上夜班的人或许会知道些什么。"

"可狐狸都很坏！"巴德反对。

"哦，我的天！坏？谁告诉你的？"

"好吧，好吧——不是坏。可它们是捕食者！"

"说得对，可那也不意味着它们就坏。自然世界中没有好坏之分——你知道的，或者说，你应该知道的。不管怎样，所有的生灵都要活下去——你们松鼠，我们鸟，也包括狐狸。隐秘族吃鱼、蚂蚱，以及诸如此类的东西，不是吗？而我吃各种虫子，否则该怎么活呢？听说你们松鼠喜欢鸟蛋，就算你们只吃橡果，那样也会让那些橡果失去长成大树的机会。瞧，就这么简单！"

"对呀,可是……狐狸有可能吃掉我们——或者吃掉你!"

"嗯,说得没错,我没说我喜欢那样做,别误解我。我们的工作就是要让自己不被吃掉,就像它们的工作是要吃饱活下来一样。可就算那样,它们也不是坏的。话说回来,我们还有什么别的选择呢?如果我们想找到你们的朋友,那我们就需要它们的帮助。"

"我说,那我们就信任它们一回,"库缪勒斯慢吞吞地说,"亮闪闪说得对,我们别无选择。"

19

莫　斯

就算在至暗时刻，也有笑声和希望。

两只松鼠和亮闪闪正在低低的树枝上等待黑夜降临。让欧椋鸟保持清醒特别困难，它会止不住地想把头塞在翅膀下面睡个觉。松鼠也是昏昏欲睡，它们不习惯熬夜。

天渐渐黑了，可周围的人类还是有很多，这和乡村大不一样。在乡间，一到晚上，除了几个沉默的狩猎者，整个世界一片寂静。

终于，月亮升了起来，车流慢了下来，公园里空无一人。地面上，库缪勒斯、伯内特和索雷尔尽量不去想他们的朋友。最好的情况就是：他受伤了，正躺在什么地方,在黑暗中独自忍受着第二个长夜。

"瞧!"伯内特突然小声说。他的眼睛比其他人更尖一些。头顶上方,奇普用力挤了一下巴德的爪子,巴德竭力控制住尖叫。

公园边出现了一个油光水滑的影子。在昏暗的街灯下,它翘着毛茸茸的尾巴,无声无息、一路小跑穿过儿童游乐场,中途它停下来,嗅了嗅一根被扔掉的鸡骨头,然后嘎吱嘎吱地嚼起来,露出又尖又白的牙齿。吃完后,它仰起头,下巴上的白毛显露出来。它吸了一口新鲜空气。

"我不喜欢这样……"索雷尔低语。在乡间很少能见到狐狸,那儿的狐狸也没这么大胆。离一只狐狸这么近实在很可怕。

"闭嘴!"亮闪闪相当大声地说,"它来了。"它咕哝了一句,然后呼扇着翅膀飞到狐狸那里。

大家的心都怦怦直跳,奇普把头埋在自己的爪子里说:"我不敢看!"

亮闪闪降落在狐狸对面的柏油马路上。狐狸的脑袋和尾巴垂下来,三角形的耳朵向前竖起。它们好像在交流什么,可没听到声音。

"狐狸在说自然世界的隐语时特别神秘，"库缪勒斯小声说，"它们都是通过体态交流——尤其是耳朵和尾巴，还有目不转睛的凝视。"

几分钟后亮闪闪飞了回来，完成了冒险，它显得很兴奋。

"它说了会过来——我们可以信任它。"亮闪闪上气不接下气地说，看上去并不害怕，眼睛里反而闪着憧憬的光，"它叫维斯珀，而且很想来见见你们。别担心，我已经提醒过它关于你们的，嗯……你们懂的，隐形的事，大家都注意一下——要有礼貌。"

当他们抬头看见这只母狐狸美丽的金色眼睛时，顿时感觉可以很容易地与它交流——就像和弗莉特、斯文、埃迪以及他们遇见的所有野外生灵一样。

亮闪闪已经跟维斯珀解释了当前的状况。现在，它竖起耳朵，歪着脑袋，请这三位朋友告诉它关于莫斯的一切，从长相（他们都提到了橡果壳帽子）到性格（库缪勒斯说："很宅。"伯内特说："相当馋嘴。"索雷尔更正说："喜欢美食。"）。接着，维斯珀低下头，问是否可以闻闻他们，那样它就可以认识并记住他们族群特有的味道。黑暗中，三个小人儿闭上眼睛，让狐狸的鼻子仔仔细细地在他们身上闻了个遍。奇普和巴德就站在几步之外，它们抱在一起吱吱叫唤，浑身发抖。

闻过味道之后，维斯珀向他们保证，在猎食过后剩下的时间里，它会去找他们的朋友——而且，它也会去问问它的同类，看它们最近有没有发现不同寻常的事情。虽说不愿听到任何可怕的消息，但库缪勒斯觉得，还是有消息更好。

松鼠回到它们的窝里，亮闪闪在帐篷营地上方的杜鹃花丛中栖息，并发誓说，不会在睡觉的时候拉屎。尽管库缪勒斯、伯内特和索雷尔都已经疲惫不堪了，可他们还是睡不着。

最后索雷尔鼓起勇气打破僵局。从某种程度上来说，他们需要交谈。或许一个新人更容易起头，因为其他两个人和莫斯的友谊已经有几百年之久了。

"要是我们再也找不着莫斯了怎么办？"索雷尔

终于开腔,"那我们该怎么办——我们会离开人类巢穴吗?"

沉默良久。索雷尔知道库缪勒斯和伯内特都还没睡,因为从他们帐篷里传来的呼吸声并没有减缓,也没有变成呼噜。

"我——我不知道,"库缪勒斯最后说,"一想到接下来的日子没有我们最亲爱的朋友陪伴,我简直受不了……我不知道我是否还可以待在这儿,留在这个人类巢穴里。我们是来寻找答案的,是希望能找到更多我们的同类——而不是失去他们。"

"好吧,如果你们想和我一起生活在富丽溪,赫蒂和我都会欢迎你们的,"索雷尔说,"哪怕你们两个完全隐形了,我们也欢迎。希望你们不介意我这么说,我只是想让你们知道我的心意。"

"你太好了,索雷尔,"伯内特说,"你真是个好朋友,从现在开始,我们必须守在一起——无论将来发生什么事,无论我们以后会去哪里。"

又是一片宁静。一架准备着陆的飞机掠过,闪烁的灯光缓缓地在他们头顶上空划过,消失在夜空中。在距离这个拥挤的城市几百公里之外的太空中,国际空间站正绕着地球缓慢而庄严地飞行，黑色的夜幕上，一个亮亮的小白点一直向东方移动着。

"嗨，你们还记得那个蟾蜍卵吗？"过了一会儿，伯内特说。

库缪勒斯的帐篷深处传来"扑哧"一声笑。

"什么蟾蜍卵？"索雷尔问。

"哦，这个故事太可笑了！"伯内特说。

"而且是莫斯的风格！"库缪勒斯补充道。

"你们谁快点儿告诉我！"

"好吧，"伯内特说，"事情是这样的：库缪勒斯刚来白蜡树时——那是很久以前了，那棵树还只是一排树篱中的一棵。当然，那个时候那里还不是一个花园。当时，你和我们在一起住了多长时间，库缪勒斯？"

"哦，大概一天，还是两天——仅此而已。"

"所以当时我们还不是很熟，彼此都特别客气——刚开始交朋友的时候就是那样，你懂的。好了，话说回来，我们两个看见库缪勒斯那么疲惫和伤心（现在，我们都知道原因了），所以莫斯决定举办一个大型宴会，邀请许多树篱居民过来，让库缪勒斯

— 217 —

高兴一下。你知道莫斯对食物是什么样。"

"是喜欢。"库缪勒斯温和地说。

"喜欢,没错,当然。好吧,不管怎样——"伯内特的声音嘶哑了一下,紧接着说,"宴会那天晚上,我们所有的邻居都来了:一对刺猬、三只榛睡鼠、五只黄鹀[1]、几只锹甲虫、鹩鹩珍妮,还有蟾蜍托蒂、托蒂娜、麦克托蒂菲斯,整个小林姬鼠家族也来了——"

"都十分贪吃。"库缪勒斯插了一句。

"是的,它们都很贪吃,不是吗?"伯内特表示同意,"不管怎样,它们都来了,聚在我们中空的白蜡树底下参加宴会,我们还特邀了二十几只萤火虫来照明。哦,是的,场面十分壮观。两道菜之间,我们嚼一些水薄荷来清理口腔,这时,莫斯进来了,他得意扬扬地端着一口超级巨大的锅,一大锅的……"说到这里,伯内特忍不住发出"咯咯咯咯"的傻笑,简直停不下来,都说不出话了。

"是什么?"索雷尔大声问,"到底是什么?!"

---

[1] 黄鹀(wú),小型鸣禽,体型似麻雀,头上、眉纹、眼后纹和颊部是黄色的。

"是这样，"库缪勒斯接着说，"莫斯告诉大家，锅里是罂粟籽果冻——据说是一种特别稀罕的美味，而且特别难做，还有人问他要菜谱呢——就是那位鸫鹩珍妮，对吗，伯内特？"

"哦，是的，我想就是它。"伯内特回答。

"说到这儿，莫斯——脸红得像只龙虾——开始解释这道菜是怎么做的，由于工序实在复杂，没人记得下来，他一直说啊说啊，记得当时我就想——尽管我认识你们才几天时间——这听起来不像是菜谱，倒像是编的！就在这时，这个时候——"

"这时托蒂尝了一点儿，那个东西都是筋——嚼不烂，你没看当时它脸上那种表情！"

"它当时用胳膊肘捅了捅托蒂娜，对吧？托蒂娜盯着那些果冻，都成斗鸡眼了，因为——"

"哦，不，哦，不要……不是吧，是吗？"索雷尔问，"肯定不是，快告诉我不是的！"

库缪勒斯和伯内特止不住地大笑起来，眼泪都笑了出来，然后结结巴巴地说："是的！""就是的！"

三个人笑了很长时间才停下来。每次笑声渐止时,就有一个人说"蟾蜍卵!"于是其他人又大笑起来,或者,当有人在帐篷里发出"哼哼哼"的猪叫似的笑声时,大家又会歇斯底里地大笑一阵。索雷尔一直央求大家别笑了:"哦,哦,哦,我的肚子都笑疼了!"可那听起来也很可笑,所以大家就一直笑啊笑啊。

"哦,潘神,求求你啦,"伯内特最后说,"我不能再笑了,我要笑死了。"

"不笑了,真的,"库缪勒斯说,"不许再发出猪的哼哼声了,都同意?"

"我只是……我只是搞不明白,"索雷尔说,"莫斯是从哪里弄来的蟾蜍卵呢?"

"哦,是一只不道德的獾带来的消息,它是为了换取我们储存的一大堆榛果,所以才这样说的。你知道獾有多喜欢吃坚果。"

"这么说……莫斯知道那些是蟾蜍卵了?"

"哦,那倒不是——那只獾告诉他,在附近的池塘里,有一些稀罕的、珍贵的罂粟籽果冻,只有潘神知道为什么莫斯相信了它的话,这个故事很滑稽,真的。"

"或许是因为他太投入宴会这件事了,想搞得完美一些吧。"索雷尔说。

"是的,这像是莫斯的风格,"库缪勒斯说,"事实上,除了最后甜点上的一点儿小意外,宴会非常成功,我真的感到很暖心。"

"你还记得那首歌谣吗?"

"宴会过后吗?当然记得。哦,那真是太妙了,索雷尔,我以前真该多夸夸莫斯的,他的那些歌谣总是那么妙。他还在那首歌谣的结尾,特意加上了我到来的消息。"

"哦,多么友爱体贴啊!"索雷尔感叹道,"你们知道吗?我有一百个布谷鸟夏天没听过一首像样的歌谣了。我只记得几首老歌谣,遇到莫斯之前,我真不知道我们一族里还有人在继续写呢。之前我请他唱一个就好了。"

"我想，他今年的歌谣还没编好，"库缪勒斯说，"不过会有一天，当我们和莫斯重聚的时候——潘神保佑！——我们就坐下来，听听他会怎样唱出我们的历险故事，和那些著名的歌谣比起来，肯定也毫不逊色。我敢说，我们的朋友，他那顶小橡果壳帽子下，还藏着许多连他自己都尚未发觉的天赋呢。"

20

朋友还是敌人？

帮助有时候来自最不可
思议的方向。

黎明将至时，维斯珀回来了。亮闪闪栖息在帐篷营地的上方，它吹了两声尖厉的口哨，提醒隐秘族注意狐狸来了，索雷尔和伯内特便连滚带爬地从帐篷里出来了。

狐狸表情沉重。它直截了当地告诉他们，没找到莫斯，不过，它也带来了新消息——并不是个好消息：它的一个兄弟在前天早上碰到了一件不寻常的事。它领着维斯珀去到那个地点，几条街之外的人行道上——没有野外生灵那样灵敏的嗅觉是察觉不到的——发现了莫斯的榛果壳帽子。帽子已经裂了，而且后面缀着的小树枝也不见了。

"那……你确定？"伯内特问，他的声音颤抖着，"我的意思是，人类巢穴里一定到处都是橡果壳、橡树瘿[1]、橡树枝、枯树叶以及各种各样的蛀虫留下的木屑，谁能说这个橡果壳就是莫斯的呢？"

维斯珀低垂着眼皮。

"气味，"伯内特结结巴巴地说，"是的，当然，气味——是我们的。"

维斯珀告诉他们，那气味也不完全是他们的，那顶帽子上还有猫的气味，这是最糟糕的部分。

"请问，你能带我们去看看那个地方吗？"伯内特着急地问，"就现在——立即？人类起床之前？"

维斯珀低下身子伏在草地上，让三个小人儿都爬到它的后背上，然后它小心翼翼地站起身。

小公园里依然很昏暗，树林和灌木丛中，鸟儿开始了黎明大合唱。太阳还没升高，城市的建筑物挡住了阳光，所以周围还不是很亮。所有人都知道它们的时间不多了——天亮之后，它们谁都不想在这么繁忙

---

[1] 瘿（yǐng）是指植物受病菌、昆虫、叶螨、线虫等寄生后，形成的外部隆起物。

的街道上长时间逗留。

上方的灌木中,亮闪闪鼓起浑身的羽毛,使劲抖了抖。"哦,我的天,"它说,"好吧,如果我们真的要这么做,最好由我来放哨,你们注意竖起耳朵听我的口哨。维斯珀,你带路!"

就这样,在黎明昏暗的光线下,它们悄悄地穿行在这个正在渐渐苏醒的城市里。维斯珀在路边停靠着的车辆间游走,在房子和房子之间的巷子里快跑,悄无声息地溜过高高的、带盖子的大垃圾桶。在一条幽暗的街道上,一只斑纹猫弓着背,浑身的毛直立着,冲他们龇牙咧嘴,然后一下子钻进了一个猫专用的活动板门里。三个小人儿吓坏了,可维斯珀没停下脚步。它继续走着,周围是人类的呼噜声,他们还在温暖的床上沉睡,而他们手机上的闹铃已经进入了倒计时,马上就要响了。

在一个大型十字路口的拐角,有一座白色的公寓楼,狐狸在这里停下来,让三个小人儿从它的后背上爬下来。公寓周围是绿色的草坪,一块方形的女贞树树篱把公寓和人行道隔开。亮闪闪快速落在树篱上,用亮亮的黑眼珠扫视着周围。

维斯珀小心翼翼地低下鼻子，指了指躺在树篱边的一个榛果壳帽子。伯内特把它捡起来，看了看里面，刻着一个小小的"M"。

"我记得，这是可怜的莫斯用我的小刀在里面刻的。"伯内特小声说。

就在这时，公寓的大门打开了，一个男人牵着一只膘肥体壮的狗走了出来。亮闪闪还没来得及发出尖叫警报，大狗就把主人从女贞树树篱的一个缺口处拽到了人行道上，隐秘族四散而逃，躲到了树篱下面。狗在路上嗅着探路的时候，小人儿们蹲在一起，不停地发着抖，伯内特把莫斯的帽子偷偷藏了起来。

"别担心——它够不着我们，"索雷尔从牙缝里挤出话来，"那个人牵着它呢！我在富丽溪经常看见狗——如果有人牵着，它们就没有威胁。"

其实他们不知道，那是一只斯塔福郡斗牛獚，非常友善可爱——这个品种的狗都具有这样的品格，除非受到糟糕的对待。尽管如此，大多数鸟和其他动物都特别容易受到狗的惊吓，所以在野外生灵面前最好把它们牵着。

"我还是不喜欢它。"伯内特嘟囔了一句——就在这时,笑嘻嘻的狗突然跷起腿,撒了一泡尿。庆幸的是,他们都及时避开了。

狗被它那位浑然不觉的主人牵走了。库缪勒斯、伯内特和索雷尔踮着脚,从树篱的另一侧钻出来,离开了人行道,向公寓走去。

"维斯珀在哪儿?"伯内特问。可那只胆小的红狐狸早就被斗牛㹴斯塔菲吓得不知所踪了。

"哦,不!"索雷尔说,"现在我们被困在这里了!快点儿,伯内特,你和我四处转转,看看哪里可以藏身——离犬类远一点儿。"

"我在空中飞一圈,看看能不能找到维斯珀,"亮闪闪说,"我估计它不会走远的。"

只剩下库缪勒斯一个人站在原地。过了一会儿,他听见白色建筑物下方,一个阴暗的格栅里传来了尖尖的声音。

"嘿,喂!"它说,"嘿!你!隐形先生,你们丢了个伙伴,对吗?"

几百年后,每当库缪勒斯回忆起这次历险,都形容他听到的这个声音带着一丝阴冷,令他毛骨悚然。虽然之后又发生了一系列的事件,但这个记忆却从未被抹去，当时的那种恐惧感也没有被削弱一丝一毫。就在那里，建筑物的地基处，清清楚楚地浮现出一只老鼠的身影。

"过来，"那个黑眼珠的啮齿动物对库缪勒斯轻声说，"现在！"

库缪勒斯颤抖着走过去。可就在这时，伯内特和索雷尔来了，他们争论着一个废弃的薯片包装袋是否可以作为一个临时藏身地——突然，仿佛一道闪电，老鼠的面孔消失了。

"你……你们看见了吗？"库缪勒斯问。

"看见什么？"伯内特说。

"老鼠——就在刚才！"

"老鼠？在哪儿呢？"索雷尔问，他环顾四周。

"在下水道格栅里，就在刚才。"

"没看见，跑了吧？"伯内特说，"呃，可怕的东西。我猜这里到处都是老鼠。它对你说什么了？你觉得它是想抓住你咬一口吗？"

"我……我不知道。我觉得不是。"

"哦，一点儿也不奇怪，它们什么都吃，你知道的。"

"好在你没事，"索雷尔安慰他说，"好了，我们找到了一些有用的垃圾，嗯，确切地说，是我找到的，而且——"

"我想它知道什么消息，"库缪勒斯打断他说，"关于莫斯的消息。"

"你是说，那只老鼠？"

"是的，它问我是不是在找什么人。"

伯内特打了个寒战。"听起来有些诡异。我打赌它是看见我们三个人在一起，然后我和索雷尔走了，你被独自落下，所以就过来了。我们得找个更安全的地方躲起来等维斯珀。"

"不——我觉得不是这样。它没幸灾乐祸，也没故弄玄虚。我真的觉得它就是想帮忙。"

"哼，我还是很怀疑。"伯内特说。他从没遇见过老鼠，也完全不了解它们，所以对老鼠有些刻板的印象。

索雷尔却没那么容易受别人的影响，或许是因为他是个发明家，要经常做实验来检验真相，而不是假定某事（或某人）是什么样的。

"你不该有偏见，"索雷尔严正地对伯内特说，

"首先，自然世界里不存在什么好的或坏的，正如一只非常睿智的欧椋鸟曾经说的那样。其次，讨厌一整类动物也很愚蠢，因为每个群体中的个体都是不同的——就像我们三个就不一样。我建议，我们去见见这只老鼠，听听它有什么要说的。"

"可我听说它们不好。"伯内特说。

"好吧，你先保留意见，等你真正了解过一只老鼠，再自己做决定，怎么样？"

伯内特有些不好意思。"哦，我知道你说得对，索雷尔，我想我只是有点儿害怕。"

"别担心，"库缪勒斯安慰道，"我也害怕。对于不了解的事，我们都会害怕——更何况，我们现在是在一个从没来过的地方；而白天，我又差点儿完全消失了；这时候，一个我们从没见过的动物突然跳出来说——"

"你们三个小精灵到底来还是不来？"幽暗的格栅里又传来老鼠的尖叫，三个人都被吓得不轻。

"现在，你们听着，"尖尖的声音继续说，"我叫巴里——如果你们想知道的话，是的，我刚才听到了你们关于我们一族的讨论，老实讲，我很难过。可是，我一点儿也不感到奇怪，因为我听到过更难听的话。尤其是人类，用各种可怕的话骂过我们，或许，是因为我们和他们有共同之处，我有时想，这就是原因。"

伯内特的脸唰的一下变成了深红色，他深深地鞠了一躬说："非常抱歉，巴里先生。我叫伯内特，这是库缪勒斯和索雷尔。我们是隐秘族——请不要让我刚才无知的评论影响到你对我们一族的看法。"

"什么，你的意思是，带有成见？"巴里嘲讽道，"我当然不会，我的教养没那么差，不像有些人。好了，现在跟着我，好吗？"说完，它的胡须抽动了一下，然后便一头跳进公寓下面那个黑黑的下水道里，不见了。

除了跟上它也别无选择。三个小人儿最后看了一眼清晨明亮的天空，然后就钻进了建筑物的下方。索雷尔先下，他抓住巴里天鹅绒般的尾巴，进入一片陌生的黑暗中。

21

幸运降临

库缪勒斯、伯内特和索雷尔冒险进入人类的家,他们的发现改变了一切,也改变了每一个人。

大多数建筑物里,都有着被人类所知的一个个房间,而对于由其他空间组成的另一套系统,我们则一无所知。一个家里,有厨房、卫生间、卧室,以及客厅,或前厅,或起居室——无论你想怎么叫都行,也会有其他房间,比如浴室、书房、游戏室或休闲室等。一所学校里,有教室、走廊、办公室、教研室、洗手间、实验室、礼堂等。不过,在这些房间之间、四周、下面、上面,到处都布满了通风管道、水管线路、废弃的烟道,等等,地板下还有电线的槽隙、排气孔、格栅和其他数不清的奇妙裂缝和空隙。我们看待一座建筑物时，只是采用了人类的视角，其实，我们不知道的是，这些温暖舒适的居所常常是一个共享空间，考虑到我们建房子的地点原本就是动物们的领地，所以这也不足为奇。

三个隐秘族的小人儿第一次进入了一座建筑物的内部，里面的空间系统对他们而言是完全陌生的。他们没有参观人类占据的那些房间或楼梯间，那些部分对他们来说并不重要，而且最好也别去。所以，巴里带他们穿梭在由黑暗的走廊和通道组成的迷宫里。有些路段相当干净，有些路段则积满灰尘。有几段路，当他们路过某间公寓的厨房时，还可以闻出那家人吃的是什么早餐；还有一段路，当他们走到某个浴室的通风口时，差点儿被一种人工合成的花香气味给熏晕了，那是有人刚在浴室里喷了空气清新剂。

"这些还不是最糟糕的，真的，"巴里一脸严肃地说，"有的时候，路过那个路口你得屏住呼吸。"

索雷尔觉得这里的一切简直太令人着迷了，他一直走在队伍后面，琢磨着那些管道、线路、托架都是怎么做出来的。

最后，他们来到一间砖房，上面不知什么地方漏进一缕光线。到了这里,巴里停下脚步,转过身面对着他们说:"我只能到这儿了,兄弟们,从这里开始就得靠你们自己了,好吗?"

"你这是什么意思?"库缪勒斯问,"前面有危险吗?"

"是这样的,"老鼠回答,"我是个热心肠,潘神知道的,我喜欢助人为乐,只要在我的能力范围之内。当我看见你们一伙儿在草丛那儿的时候——嗯,那时我就知道要做什么了。不过,我们这里的居民都有自己的地盘,明白吗?这是我们这里的规矩。不像在户外,每个动物都能有很大的地盘。当然,我们共用一些通道和十四个半的紧急出口,除此之外我们从不串门——相当重要的原因是我们大老鼠比一些动物干净多了,我想到的就是……"这里它咳嗽了一声,咳嗽声中带着一个词:"小老鼠"。

一定是因为他们三个看上去非常担忧,所以巴里那张精明的小脸柔和下来,它把胡须弯了弯,呈现出友好的弧度。"你们会没事的,"它说,"我保证。你们就沿着这个缝隙一直走,然后顺着管道往上爬,就能看见了——就待在外面,也就是说,不要爬到里面去——就那么简单!"

"也可以说容易。"索雷尔说。

"那我——我们可以在那里找到什么?"伯内特的声音有些颤抖。

"这个就要你们自己去发现了,因为,老实讲,我自己也不知道。祝你们安全、好运。好吧?"

他们一个接一个地握了握老鼠粉色的小爪子,库缪勒斯伸了两次手,因为巴里没看见他的手到底想抓什么。

"希望我们能再见面!"伯内特说。

"那我要先看得见你才行,哥们儿。"老鼠咧嘴笑笑,然后就消失了。

爬上管子后,三个小人儿来到一个脏兮兮的平台上,完全不知道老鼠巴里为什么让他们爬到这里来。他们感到很奇怪,巴里到底想让他们在这里看什么呢?环顾四周,这里倒也没有什么危险,不过他们还是感觉有些紧张,只能用最小的声音交谈。这里很黑,所以他们不能像在日光下那样把彼此看得清清楚楚,这反而让库缪勒斯觉得不错。

索雷尔在一堆砖灰里找到一颗旧螺丝钉,他得意扬扬地高高举起给大伙儿看。

"放到你的背包里吧!"伯内特低声说,为他竖起大拇指。

突然,他们都惊呆了。

不知从什么地方传来两个人的说话声,声音很大,而且毫无顾忌。他们说的不是人类的语言,也不是小老鼠或大老鼠那种啮齿类动物的语言。

"我说过,'瞧,你在这里很安全,现在我们也无能为力',可那根本没有用。"

"那后来你又说了什么?"一个声音回应道。交谈声渐渐远了。"嗯,然后我说……"第一个声音回答。

三个小人儿在黑暗中面面相觑,目瞪口呆。这声音既熟悉又陌生,这让他们感到既好奇又焦急。

"我们得先想办法去看看是谁在说话。"最后索雷尔低声说道。

没用多长时间他们就看到了。原来,巴里指引他们来到这个平台,是因为只要爬到一根长木头上,就可以越过托梁看到它后方的一间小屋子。而且,视野非常好。

光线从一条长长的缝隙里透进来，楼上一定是铺着地板，而从这里看，地板就是这间长方形小屋的天花板。地面一尘不染，角落里有一根铜管，里面流动着热水，铜管穿过墙壁连接着人类居室的散热器。小屋的墙壁上排列着制作精巧又时尚的橱柜和橱架，不是用木头做的，而是用彩色的纸板，很像是用装葡萄干的盒子做的。靠近铜管的地方摆着两个舒服的豆袋沙发，能看得出是人类丢的一双袜子，被仔细裁剪后缝成圆球，然后又在里面塞了小扁豆。

就在此刻，两个小人儿走进了小屋，一个又矮又胖，一个和库缪勒斯一般高。他们都穿着用人类的布料做的衣服，花花绿绿的，看上去奇奇怪怪（可索雷尔呢，穿着一身青蛙皮连体衣，也不好评论什么）。虽说他们穿着奇怪，但一看就知道他们属于隐秘族的某一支。

三个小人儿迅速把头缩了回去，躲到了托梁后面，他们瞪着眼睛，张着大嘴，说不出话来。

"他们是……？"伯内特指着那两个人的方向，没出声，用口型表示。

"我觉得就是！简直不敢相信！"索雷尔从牙缝

里挤出两句。

库缪勒斯个子最高又几乎隐形,所以他再次小心地朝屋里窥视。

"好吧,你瞧,我们只能尽力而为,"高个子的小人儿说,"我相信最终会有办法的。"

"但愿如此,"矮个子的说,"你知道我有多担心。"

"我知道,亲爱的。你是最善良的霍比。"

"什么是霍比?"索雷尔和伯内特异口同声地悄悄问道——库缪勒斯挥了挥空空的衣袖,让他们别出声。

"对了,亲爱的,我们今天晚餐吃什么?"一个声音继续说,"我很想吃剩下的薯片,你知道的,或者,吃我们找到的那根长长的意大利面。"

"什么是意大利面?"伯内特压低声音说。库缪勒斯转过头,拉长了脸,生气地发出"嘘嘘嘘"的声音,声音很大。

"什么声音?"第一个声音说。

"我也听见了。"第二个声音说,"是从墙后面传来的,你觉得是蟑螂吗?"

"不像，不像蟑螂。"

"或许是老鼠家族？今年的老鼠特别多。"

两个声音越来越大，离库缪勒斯、索雷尔和伯内特藏的地方越来越近。

"哦，潘神保佑，"库缪勒斯突然站了起来，"真不知道我们为什么要躲起来。站起身，你们两个。"就这样，另外两个人羞红了脸，也站了起来。

五个小人儿都抻长了脖子，越过托梁谨慎地凝视着对方。

"我们很抱歉就这样闯进了你们的家——我知道，这太莽撞了。我叫库缪勒斯，这是我的朋友伯内特和索雷尔。很抱歉我正在隐形中，这是近来的新变化，大家真的不必惊慌。"

然而，奇怪的是，这两个人既没有被库缪勒斯的外表（或者说是缺乏外表）吓坏，也没有对遇见其他的同类感到惊讶——可显然，他们因为发现了闯入者而很不高兴。

"你们怎么在这里？你们想干什么？"矮个子的小人儿走上前质问他们。

"我们——呃，是老鼠巴里告诉我们来这里

的，"库缪勒斯说，"我想问一下，你们刚才叫自己霍比——"

"不然我们是什么？"

"就是……嗯，我们都是隐秘族，而且——"

"为什么巴里让你们来这里？你们想干什么？"

"我们能进去解释吗？"

"当然不行，"那个人说，"你们有可能是任何人——说不定，你们是危险的逃犯！而且，你们还在紧急出口处蹑手蹑脚地走来走去，偷看别人——不管怎么说，都很不礼貌。"

"我知道，我们真的很抱歉！"库缪勒斯回答。可就在此时，大家都不说话了，因为伯内特表情痛苦，已经开始悄悄地哭泣。他实在受不了了，为朋友的下落不明，为两天没有睡觉，为搜寻的兴奋与恐惧，最后还被两个陌生人训斥，这一切都涌上心头。

"哦，不，不要哭！"索雷尔大声说。

"亲爱的伯内特，你怎么啦？"库缪勒斯问。他们俩都走过去抱住了这位朋友，安慰他，可伯内特还是不停地抽泣。

"我，就是，太，累了……而且我，太想莫斯了，特别，特别，想他。我的，我的，膝盖，正在，消失，而且我以为，以为，我们，现在，都该见上，见上面了，可是，还没有！"

听到这里，三个人都开始哭了。他们紧紧地拥抱在一起，让悲伤发泄出来。有时候，这是最好的排解方法。虽然这样也许解决不了问题，可要是压抑、积累太多悲伤或愤怒的情绪，最后就有可能突然爆发，造成行为失常。

"哦，亲爱的，哦，亲爱的，这太糟糕了。快请，快请，快请进来吧。"托梁的另一侧传来犹豫的声音，"我们实在抱歉，刚才没有欢迎你们进来，只是——好吧，我们有我们的理由。哦，现在我明白了，我感到很难过……"

听到这儿，他们三个擦干眼泪，擤擤鼻涕，从木头托梁上翻了过去，进入这间温馨的小屋。

"我叫麦克亚当，他们都叫我麦克。"矮个子的小人儿说，他还深深地鞠了一躬，"这是米恩雷特，我们都叫她米恩。我们都是霍比人。从这里穿过去，到另一个房间，就可以看到你们的朋友莫斯了。"

22

欢乐聚会

罗宾的传说。

多么令人激动的团聚啊！库缪勒斯、伯内特和索雷尔冲了进去，发现莫斯正靠在一张小小的木头床上，面色苍白，但仍把嘴咧得大大地笑着。米恩和麦克搬来凳子，让每个人都坐下，然后他们就为这些客人准备食物和饮料去了，让这四位朋友好好地亲亲抱抱。他们对这次历险感慨万千，彼此诉说着最近几天的不同际遇。

莫斯特别关心伯内特日益严重的消失症状，可伯内特却保证说一点儿也不疼，还格外勇敢地露出了笑容。库缪勒斯可能也在微笑，只是没人看得见。

当索雷尔问莫斯到底发生了什么时，莫斯说："庆幸的是，我记不清了。他们说我是被一只猫抓住了，可我一醒来就躺在了这里，在床上。很显然，猫是先用嘴叼着我，然后把我扔在了人类的地盘上——我觉得，那是一个做饭的房间。米恩正在那里觅食，她听见动静，从橱柜底下窥见了我，然后她跑过来把我拖到了一个安全的地方；与此同时，麦克制造出很大的噪声来分散猫的注意力。他们勇敢吧？"

"天哪！真是勇敢！"索雷尔回答，他被深深地打动了，"那你现在感觉怎么样？"

"哦，比原先好多了——尤其是现在你们都来了。我恐怕不是一个好照顾的病人——我知道你们一定都急疯了，所以我根本无法安心躺在这里休息。"

"好了，我们现在都在这里——我们又在一起了！"伯内特说。他一把握住莫斯放在花格毯子上的手，深情地捏了捏。

"那两个人是霍比人，"库缪勒斯若有所思地说，"嗯，我真没料到！"

"哦，是啊——什么是霍比人？"索雷尔问。

就在这时，麦克和米恩又进来了，每人手里举着一个托盘，里面堆着高高的食物。

"好吧，"米恩把托盘放在床脚，然后把用啤酒瓶盖子做的一摞盘子发给大家，"长话短说吧……我们也是隐秘族！只是一个稍微不同的类别。"

事实的确如此。睿智年迈的库缪勒斯一见到他们就知道了，因为霍比人就是另一类隐秘族，他们喜欢生活在室内。人类一般称他们为"借东西的小人儿"，或者叫他们哥布林，他们在威尔士叫布巴赫，在苏格兰叫包克汉。他们在自然世界中生活的时间和人类定居的时间几乎一样长，可库缪勒斯、莫斯、伯内特和索雷尔却从来没见过他们。

"这么说自然世界里还有许多我们的人！"莫斯说，"这难道不是最好的消息吗？说实在的，我被猫叼到这里来，由此发现了这些信息，似乎也值了。想想看，就算我们找遍了人类巢穴所有户外的部分，可能也碰不见米恩和麦克。"

"你们知道吗？在人类巢穴里有相当多我们的同类。"麦克说，他在大伙儿的盘子里发了一些小熊牌薯片和切成小段的凉意大利面，还给每人发了一个可可泡芙。他接着说："事实上，这周围的好几幢房子里都有一两个我们的人,注意喽,不是每幢房子:有的房子太新,里面的地缝和间隙不够多,我们住不进去;还有的房子太冷或者太空——反正不够好吧。"

"这么说,我们中的其他人目前都在这些地方,"库缪勒斯若有所思地说,"都住在室内,住在人类巢穴里,而不是在乡下!"

米恩微笑着说:"是的,我们中的一部分住在这里。你瞧,我们决定适应这里的生活。乡下变化太快了,我们可以安全并且快乐生活的空间越来越少,而且,人类巢穴也在不停地扩大,蚕食了我们许多的土地。我们隐秘族有点儿像鸽子、老鼠或是松鼠,我们有适应能力,而且能随机应变,对吧?如果有必要,我们也可以和人类一起生活——可很多野外生灵却不行。"

"是啊,我们很幸运,"麦克说,"不过你知道吗,这里的荒地远比你想象中的多——尤其是一些比较脏的地块,人类也不是把哪里都清理得干干净净。如果你知道去哪儿看的话,也会发现人类巢穴里有非常漂亮的地方。"

"既然你们来了,想不想见见我们其他的人?"米恩问,"这栋楼里只有我们两个,不过我们可以邀请朋友们过来见面,尤其有一个人,我们都觉得库缪勒斯和伯内特应该见见。"

"哦,太好了,举办聚会!"伯内特叫起来,一想到蛋糕、甜品、游戏,他就兴奋得不得了,"就这么办吧!"

"嗯,或许……"库缪勒斯有些迟疑地说,"你们觉得,莫斯可以受得了那种热闹吗?"

"库缪勒斯说得有道理。你伤得严重吗,莫斯?"索雷尔问。

"好在现在不太疼了。"莫斯并没有正面回答这个问题。

"猫的牙齿咬到的地方都肿得很厉害,在莫斯的后背和肚子那儿,"麦克解释说,"刚开始的时候还发炎了,米恩一直给他擦洗,保持干净,对吗,亲爱的?我们希望再过一段时间伤就能好。潘神保佑。"

那天晚上，大家商量着聚会的事宜。伯内特想在公园里聚会，库缪勒斯和索雷尔都同意。在洒满阳光的户外，亮闪闪、奇普和巴德，还有四只英雄的鸽子都可以来参加。可麦克和米恩却说霍比人更喜欢待在室内，而且，如果要去室外，很多人就不会来了；更不用说莫斯了，他目前的状况只能卧床。所以，大家一致同意，伯内特可以另找一个时间为外面的朋友们搞一次户外聚会。消息很快就传遍了附近的塔楼、公寓和独栋房子。这里有一个信息网络，是由家鼠和田鼠组建的——老实讲，家鼠并不是特别优秀的信使，因为它们老是忘记自己要说什么，或者把一些细节弄得颠三倒四。

整个下午，新朋友们拉着家常，他们分享了远亲和祖先们的故事，还交换了做饭、做事的心得，了解了彼此的日常生活。莫斯就躺在床上休养身体，偶尔也加入交谈。

不过，莫斯有时一句话也不说，就静静地躺在那儿，若有所思。伯内特把那顶榛果壳帽子带给他后，他又回忆起被猫袭击的经历——被叼着、身体无力地耷拉着穿街走巷——他一想起来就感到恐惧，仿佛一切又重演了。

当麦克和米恩为聚会去准备饭菜，而索雷尔和伯内特去考察整栋公寓时，库缪勒斯来到莫斯的床边。他和莫斯握着手，谁也没有说话，他们就这样享受着重逢的喜悦。

"你在想什么？"过了一会儿，库缪勒斯问。

"主要在想……我当时是多么愚蠢……都是我的错。"

"你的意思是，那只猫？"

"是的。"

"哦，莫斯，这件事有可能发生在我们任何一个人身上。"

"不，都怪我太贪嘴了——我想吃更多人类的食物，而且我没用脑子。我甚至都没告诉你们我去哪儿了，害得你们到处找我。让你们都身处险境，我太过意不去了，库缪勒斯——"一滴眼泪从莫斯的眼角滑落下来。

"哦,莫斯,这可不像你。你知道的,我们每个人都会犯错误,对吗?重要的是,我们要从错误中学习,看能不能将坏事化为好事。"

外面终于响起了敲门声,麦克和米恩冲过去开门,把客人们引进小屋。他们个个穿着时尚,像城里人的风格,太有趣了——其中一个人浑身上下都是糖纸!马上就能看见自己的同类了,他们看起来非常兴奋。

主室的两张桌子上堆满了食物,还有客人带来了自己准备的食物:一小块从猫碗里偷来的金枪鱼;一块雕刻着笑脸的甜菜根,像个小南瓜;小孩子生日蛋糕上的粉色糖霜,被搓成了小球;一些奇怪的小丸子,看起来像是从仓鼠笼子里偷来的,这个没人会吃;还有一些美味的汤,是用欧洲萝卜和韭菜做的,上面点缀着花椰菜上的小花朵(带来这道汤的是一位名叫林特尔的素食主义者）。他们喝的不是欧洲报春花酿的果酒，而是黑莓汁。黑莓长在黑莓灌木丛中，而这里到处都可以看到黑莓灌木丛，几乎人类巢穴的每个公园里都有。

大家四处走动，一边聊天一边吃东西，互相介绍自己。米恩和麦克作为主人，招呼着客人们，确保他们都吃好喝好。伯内特正和一个名叫威迪格力斯的霍比人兴致勃勃地谈论天气和季节，而索雷尔在和两个新朋友聊天——一个叫科贝尔，一个叫毕土曼，对于各种隐秘族的历史，他们知道很多，而且还知道各种隐秘族是怎样找到他们现在的各处落脚点的。

库缪勒斯看着伯内特，正奇怪为什么没有人关注到他们隐形的身体，就在这时，附近传来一个声音。

"你好！你一定就是库缪勒斯吧，我叫菲尔德斯帕。"

库缪勒斯原地绕了一圈，没发现有人，只有一双长满老茧的脚，脚的上方，一个粉色的糖霜球正飘浮在半空中。

"别紧张，也别不好意思，"那个声音说，"我是真的存在——我就是大家说的'消失者'。麦克和米恩说我们应该见个面。"

"我为我的粗鲁向你道歉——我只是有些吃惊。所以,这种情况……也发生在霍比人身上?"

"哦,是的,当然,已经有一段时间了。"

"那你……你是光着身子吗?"库缪勒斯问。他上下打量着菲尔德斯帕。

"是的,为什么不呢?"

"天哪,好吧,我也是这样想的,"库缪勒斯回答,"你已经习惯了隐形吗?会不会感觉还好?"

"某种程度上吧,可我还是希望这一切没有发生,你呢?我还没准备好就这样离开自然世界呢。"

"离开……自然世界?这是什么意思?"库缪勒斯问道。

"嗯——是啊,"菲尔德斯帕回答,"听你这意思,你还不知道在你身上发生了什么事情吗?你从来没听过罗宾的传说吗?"

"我当然听过罗宾·古德菲洛——他是最古老的隐秘族,而且传说罗宾真的见过潘神,我就知道这么多了。罗宾的传说究竟是什么?"

"罗宾是第一个搬进室内居住的隐秘族,他住过人类的各种定居点，最后来到了这个巢穴。我们是朋友——当然，谁都可以跟这个淘气又善变的家伙处得来！而且，罗宾也很聪明——如果你也是自开天辟地以来就生活在自然世界中，那你也会很聪明。

"言归正传，罗宾留下了三条真理，我们称之为'传说'。第一条，就是隐秘族只可能被人类或人类制造的东西杀死，我相信这个你已经知道了；第二条，人类有一天会成为我们的朋友，正因如此，我们要努力照顾好他们；第三条，当完成了这里的工作，我们一族就会无声无息地从自然世界中消失。"

库缪勒斯感到一阵眩晕。"等等……所以你是说我正在……死亡？"

"哦，不，不，不——当然不是！传说里是说我们会进入下一个空间，可能是任何一个地方。罗宾好像对此毫不在意，所以我们也不必太过担心。很抱歉，库缪勒斯——我不知道你对此还一无所知，那这些一定让你大为震惊吧？"

"的确。可你说罗宾把这些传说留下来了是什么意思？"

"嗯，你瞧，消失的现象似乎是从年龄最大的人开始，"菲尔德斯帕说，"罗宾·古德菲洛是最最古老的……所以，他很久很久以前就离开了自然世界。"

莫斯正坐在床上，和一个叫多默的霍比人聊天，他的头发又短又直，像个刺猬。多默是那种特别有趣的人，也很热情，哪怕你对聚会没什么兴趣，或者害怕结识新朋友，也会立刻喜欢上他。他们的年龄相差无几，很快便开始畅聊了：从他们最喜欢的食物（莫斯最喜欢蜂蜜蛋糕）、各自的穿着（多默说"帽子不错！"），一直到每日生活的点点滴滴，无话不谈。遇见这样的人真好。

"那等你痊愈了，下一步有什么打算？"多默问，"你们会在人类巢穴安家吗？还是会回到白蜡树路去？或许，你们再一起到富丽溪定居？"

"我们还没有商量这个呢，"莫斯说，"我是想将来能找个新家，可是——"

就在这时,库缪勒斯用火柴棍敲了敲那根铜管,让大家都安静,因为他要说话了。十四张小脸都扭过来看着他,充满期待。

"嗯哼。"库缪勒斯开始发言了。

"喔!"伯内特大叫一声,他有些兴奋过头了。

"嘘嘘!"大家低声说。

"晚上好,各位!感谢大家的光临。很高兴见到你们,这也证实了,我们并不是族里最后的一支。"

"听,快听!"麦克大声说。米恩把手指放到嘴里吹了一声口哨,很多人都会这个。

"大家都看见了,我几乎完全消失了,我的朋友伯内特也从下到上正在渐渐消失。现在,我才意识到你们都已经了解了这个状况,因为菲尔德斯帕就在这里——等一下,他在那里——菲尔德斯帕现在只剩一双脚。而且,我还了解到,还有一些霍比人已经消失,永远看不见了。可对于我们四个人来说,这还是个新情况,我们感到非常害怕,根本不知道这意味着什么。

"不过现在,菲尔德斯帕告诉了我罗宾的传说——在完成了这里的工作之后,我们一族就会无声无息地消失。好吧,也许你们都接受了这个事实,可

— 254 —

我不。我们四个在来人类巢穴的路上，见识了很多，很显然，人类并没有做好照管大自然的准备——或者说，他们处理失当。就我能想到的而言，我们还有很多工作要做！"

库缪勒斯被菲尔德斯帕说的"下一个空间"吓坏了，令他感到安慰的是，他想到了一个计划，所以说起话来有些激动，语速有点儿快，演讲时很难不热血沸腾。

"我们要给自己重新定位——不是作为守护者，也不是作为照管者，而是作为教员——人类的教员。我还没有想好所有的细节，但我知道有个孩子，她会说我们的语言。我想，我们可以去找她，请她来帮忙。我们先从小事做起，告诉她怎样做，才是对白蜡树花园里的老朋友们来说最好的。如果那时候，消失的症状见好，我们就明白了潘神的旨意。然后，我们再试着去推广这种做法……来拯救整个自然世界，同时，也拯救隐秘族自己！"

人群中爆发出热烈的掌声。喧闹过后，刚才一直张着嘴听呆了的伯内特和索雷尔，一下子冲到库缪勒斯面前，然后他们又聚集到莫斯的床边，开始讨论。

"你说的是真的吗？"莫斯问。他伸手去够库缪勒斯隐形的手，眼睛凝视着这位老朋友的脸应该在的位置。

"我想是的，"库缪勒斯回答，"我们族群正在从自然世界中消失，从我们中最老的人开始——所以，我和伯内特之后，下一个就是索雷尔了。不过，我们还有很多时间，莫斯，你不要担心。"莫斯的胳膊上感受到一阵有抚慰效果的轻拍。

索雷尔一脸沉思的神情。"你真的相信罗宾的传说吗，库缪勒斯？"

"嗯——是的，"库缪勒斯回答，"怎么了？你不相信吗？"

"我觉得，这个故事很有意思，可这是让我们做出这么重大的决定的充足理由吗？去有意地接触人类？我的意思是说——你确定要这么做吗？"

伯内特插嘴道："你看，索雷尔，你曾经说过，没人确定潘神是否真的存在，这件事也是同样的道理。不管罗宾的传说是真是假，或者，这只是霍比人的传说，都没关系。努力去改善其他生灵的生活，这件事本身就再好不过了。而且，不管怎样，有一件事库缪勒斯说对了,那就是我们不能无所作为。我们必须得试试。"

"说得对。我就是……我就是觉得,拯救世界不会那么简单。"

大家正说着,莫斯开始静静地哭泣。"我不想让你们消失——谁都不要消失!我想我们在自然世界中一起生活,永永远远,像我们说好的那样!"

"我们会的,"库缪勒斯说,他的声音里充满了坚定,"一切都会如你所愿——就等着瞧吧。"

聚会剩下的时间里,大家交头接耳,热切地讨论着库缪勒斯刚才说的关于"继续发挥作用"的话。

"他说的'我们'到底指谁?"穿糖纸的霍比人说,"首先,他们是隐秘族,而我们是霍比人;其次,我相当确定,我已经在'发挥作用'了。我就是行走的艺术品!"

"我认为,如果他们想继续追寻真相也很好,"

另一个说，"可你们真的认为人类会改变吗？"

而多默，那个刺猬头的霍比人，到处跟人说这个主意太棒了，如果每个人都能起到一些作用，那他们将生活得更加快乐满足，就像隐秘族过去那样。

米恩和麦克也都同意。虽然他们不太确定潘神是否存在，也不太相信罗宾·古德菲洛的传说，但如果有一个能永远在一起的机会——哪怕这个机会渺茫——他们也愿意一试。无论是在人类巢穴还是在乡间，自然世界都是个美丽的地方，他们都还不想离开呢。

莫斯坐在床上，思考着库缪勒斯的话。让人类学会成为自然世界的守护者，这个任务对他们这么小的人来说似乎太重了——打心底里，他们更愿意回到那个温馨的白蜡树路的老家，平平静静地生活。

"我想聚会临近尾声了，"他身边传来库缪勒斯的声音，"以后我们还有很多要讨论的事情，也有很多重要的决定要做，可在此之前，在大家离开之前，你愿意朗诵一下今年的年度歌谣吗？"

莫斯的心一下紧张起来。"现在？当着这么多陌生人的面？"

"也不是非做不可，如果你还没有准备好的话就算了。"库缪勒斯慈祥地说。

他们刚到富丽溪的时候，他给索雷尔讲了他们的历险故事，精妙的措辞让大家都听得深深入迷、喜笑颜开。这种感觉很美妙。毕竟，人人都可以搞到一点儿吃的，但却没人能像莫斯那样编个好故事。那只叫罗杰的鸽子是怎么定义勇敢来着？它说，勇敢并不是胆子大，而是敢做你害怕的事。

"我想试试。"莫斯微笑着说。

库缪勒斯再次用火柴棍敲了敲那根铜管，大家都安静下来。

"库缪勒斯建议我为大家朗诵一下我的二十一节年度歌谣，"莫斯吞吞吐吐地说，"可我不能，我——写得不对。"

一片安静。麦克和米恩手牵着手，彼此对视了一下，他们希望莫斯没事。

"我希望用歌谣来记录我们所有的历险，而且，歌谣也的确精彩——大家知道，就像我们族群那些古老的传说和故事一样。不过，我没有把所有的事都写进去，也没有把一些真实的感受写出来。比如，我就没有写被猫抓来的经历，因为我感到羞愧，担心这样写会破坏整首歌谣。

"可库缪勒斯的话让我思考，所以我决定，这首歌谣应该描写出我们经历的恐惧、迷茫还有争吵。如果我写得好，没准儿还可以帮助大家提防猫——这样，也算因祸得福了。"

聚会在一阵掌声中进入尾声。莫斯环顾四周，那是一张张温暖善良的脸庞，有的熟悉如亲人，更多的是新面孔。几个人频频点头，面露笑容，没有一个人在说他犯了一个多么愚蠢的错误。事实上，索雷尔和伯内特正在为他欢呼，库缪勒斯好像正在抹去脸上自豪的眼泪，虽然并不容易看见他的脸。

"提前感谢大家的聆听！"莫斯说，他对每个人都报以微笑，"现在，我的歌谣有二十二节了，它是这样的——

　　三月的一天，
　　春意盎然，
　　阳光明媚，
　　乍暖还寒，

我们来到富丽溪畔，

遇见了索雷尔、埃迪，

还有克拉克等小伙伴……"

作者后记

这是一个关于隐秘的野外生灵的故事，他们时刻生活在我们周围，可大多数成年人（也包括许多小孩子）却对他们的存在一无所知。

如果你善于观察，就像我一样，那么当你在户外玩耍的时候，一定能找出这个隐秘世界存在的线索：那些被啃得整整齐齐的果壳、看上去颇为有趣的洞穴和路线、神秘的排泄物、泥巴地或雪地上留下的足迹，等等。从这些线索中你就能猜出来：是谁在和你分享着花园、街道、游乐场或公园，他们在做些什么，你的小个头儿邻居们过着怎样的生活，他们是长羽毛的还是穿皮毛的，皮肤是湿润的还是带刺的，是穿着一副盔甲还是戴着一顶橡果壳帽子呢……或许某一天，你还可以荣幸地帮他们一个忙。

尽管你观察入微，可还是觉得自己无法相信这些隐秘族的存在——也许是因为你从未见过他们中的一员，你的朋友们也都没见过——这并无大碍，就连我，也只是在无意间与他们打过一个照面。经过几百年的时光，他们隐藏起来而不被我们发现的本领已经练得炉火纯青。同时，你可能看过一些可笑的动画片或是读过一些荒诞的故事，里面有一些是关于魔法精灵或小妖精的，有一些是关于滑稽的地精或长着闪亮翅膀的小仙子的，这些都让你觉得，如此离奇古怪的生灵根本不存在。

你也许是对的。隐秘族的确没有魔法，而且也没有闪亮的翅膀。他们靠捕猎、钓鱼、采集野果为食，就像野生动物那样。他们自古以来就生活在自然世界中，比我们人类存在的时间要久得多。他们曾遍布我们周围的各个角落，也生活在许多其他的国家里——可如今，他们的数量比从前少了很多很多。

那个时候，他们的人数众多，而我们人类的数量却很少，所以我们还能经常看见他们的身影。我们还给他们起了名字，就像给鸟类、植物、昆虫还有其他东西命名那样：我们叫他们隐秘族或是小灰人、小精灵、小仙子、小妖精，还有地精、小恶魔、小妖怪，等等。在英格兰西南部，他们也被叫作皮斯基淘气包。罗马人叫他们Genii locorum，意思是"一个地区的守护者"；他们在爱尔兰被称为sidhe，在冰岛他们被称为huldufólk，在欧洲以及其他地方，他们还有很多其他的名字。不过，事实上，无论我们叫他们什么，都不是他们称呼自己的名字。

还有一件事，我肯定你一点儿也不会觉得奇怪，那就是所有的鸟、昆虫等动物和隐秘族可以互相交流，或多或少吧，用的是自然世界的隐语：这是一种所有自然世界的生灵们共用的基本语言。虽然每个物种说得略有不同，但却可以交流。实际上，唯一忘了如何跟自然世界交流的生灵就是我们人类自己。不过，对此我表示怀疑，也许更准确地说，我们中的大多数只是不再去倾听了——最后的结果或许是一样的。

梅丽莎·哈里森
2021年春

自然观察指南

3月

侧耳倾听今年第一只乌鸫的歌唱。你们当地的乌鸫或许有好几个歌唱的地方,大都在高高的树枝上,这样它的歌声可以远播。它会一直唱到七月末,以便告诉它的竞争对手哪里是它的繁殖区。如果你仔细倾听,会发现它的鸣声婉转、复杂又悦耳,独具一格。

4月

你附近的池塘或水沟里是否有卵块?你能猜出它们是谁产的吗?青蛙产的卵是一团一团的,蟾蜍的卵是成串的，蝾螈的卵是一粒一粒的，这些卵会附着在水草上。一定不要去碰它们，可如果你经常去看看，会发现蝌蚪在这个月孵化了出来——而且，你也能看到，谁会来吃掉它们。

5月

查一查太阳升起的时间，说服一位大人至少提前半小时起床，带你去有很多树和灌木的地方（当然也有很多鸟），那样你就能听到黎明的大合唱了。这个月，群鸟齐鸣，声音最大，也最壮观。可是，却很少有人类听过，因为人类其实是一个非常懒惰的物种……

6月

你能发现雨燕、家燕或毛脚燕在你头顶上空捕食飞虫吗？看看你能不能跟踪这些夏候鸟，找到它们筑巢的

地方，通常会在屋檐的下面。家燕和毛脚燕都会衔泥筑巢，而雨燕的窝是搭在岩缝间的。昆虫越多的地方，这种神奇的鸟也就越多。

7月

你能找到多少野外生灵留下的秘密通道？去找找鹿、獾还有狐狸穿过树篱时走的缺口（而且，有的时候，它们的毛会被树枝挂住而留在那里）。在高高的草丛中，你也许会发现兔子、刺猬、白鼬和黄鼠狼留下的踪迹。这个月也要留意找找（留心听听）蚂蚱的信息！

8月

你周围生活着多少种蝴蝶和飞蛾？它们这个月准备

做些什么呢？它们喜欢在哪些花朵中饮蜜，又有哪些花朵它们从不光顾？如果你查查它们的幼虫都吃哪些植物，你就会发现那上面有成虫们产下的小小的卵，通常会在叶子的背面——或者，你会看见毛毛虫正在那里啃食呢。那些能为蝴蝶和飞蛾提供许多花蜜的植物，或者那些叶子能供它们的幼虫啃食的植物，来年往往会长得更加茂盛。